国家出版基金项目
NATIONAL PUBLICATION FOUNDATION

十二五国家重点出版物出版规划项目

走向世界丛书

主编　钟叔河　曾德明　杨云辉

FROM EAST TO WEST

张　謇癸卯东游日记
凌文渊籥盦东游日记

张晶萍　校点

岳麓书社·长沙

本册总目□

丛书新序

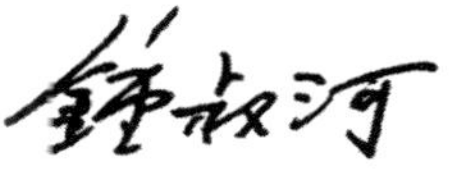

二〇一三年十月

“走向世界丛书”一百种，只收晚清时期 from east to west（从东方到西方）的记述，这并不等于说，只有十九世纪末二十世纪初的中国人，才需要面对走向世界的问题。

纵观人类历史，走向世界决不是什么地区性和阶段性的活动，而是不断出现在全人类发展进步过程中并与之同步的历史现象。一百万年前，人类开始从非洲进入亚洲和欧洲，一万年前，又从亚洲进入北美洲和大洋洲，就是在不断地走向世界。

从有史以来的文献、文物看，三千多年前的《奥德赛》和《出埃及记》，说的是古希腊人和以色列人走向世界——走向地中海和巴勒斯坦。两千多年前的《史记》和《汉书》，写了张骞和后来汉朝“益发使”走向世界——曾走到罗马在西亚的边陲。一千三百年前的《大秦景教流行中国碑》、七百年前的《马可·波罗游记》和四百年前的《利玛窦中国札记》，记下了阿罗本、马可·波罗、利玛窦的 from west to east，这和 from east to west 一样，都是在走向世界。

人类曾因地理、种族、制度、意识形态等原因而互相分离，甚至隔绝。夜郎国的君长初见汉使时问：“汉孰与我大?”当是时，夜郎的世界僻处黔西，其“大”可知；连夜郎都未入版图，则汉之“大”亦远不如今之中国。但人为万物之灵，为了求生存谋发展，总不能老守着自己的一亩三分地，总会要想方设法走向世界——走向更广阔的外部世界。于是，汉要“通西南夷”，要前往原来“道险终不能有”的夜郎；夜郎要问“汉孰与我大”，要想改变原来“不知汉广大”的状况。由互相隔绝变而互相接近，互求了解，这就是走向世界。

走向世界，无论是自己走出去还是让别人走进来（总比让别人杀进来好），无论是主动的还是被动的，从总的历史进程看，用大的历史眼光看，都有利于发展，都是一种进步。对汉朝来说是如此，对夜郎来说亦是如此。两千年前是如此，两千年后亦是如此。上世纪七十年代末开始编辑出版“走向世界丛书”时是如此，如今来继续编辑出版这部丛书时亦是如此。

今天的中国已不再是七十年代的中国，虽然仍称发展中国家，经济总量却早已“超英”，正在“赶美”，但走向世界的路还“漫漫其修远”。时至现代，走向世界当然是要走向现代化的世界，也就是要高度现代化，全盘现代化。“四个现代化”的“四个”——工业、农业、科技和国防，已经“化”出了很大的成绩，而我们的管理现代化，我们的服务现代化，我们的制度现代化……要走的路的确还很长。

现代人走向世界，首先要使自己成为能接受全球文明，有世界知识，有世界眼光，有世界理想的人。“走向世界丛书”杰出的作者，如郭嵩焘、黄遵宪……又如邹代钧、金绍城……他们看到的新技术还是德律风（送话器和最早的手摇电话机）、火轮车（蒸汽机车）……我们如今却已经用上了智能手机、坐上了波音飞机……但在思想层面上，我（不敢称我们）反省自己的世界眼光和世界理想，甚至在世界知识的某些方面，比起一个多世纪以前的郭、黄他们来，差距实在还不小。在这方面，也就是人的现代化这方面，要走的路就更“漫漫其修远”了。

五年前北京奥运会的成功举世公认，它已经成为中国走向世界的一大标志。它的口号：

ONE WORLD，ONE DREAM

“同一个世界，同一个梦想”，这也应该是现代人走向世界的志向和目的，是我们继续编辑出版“走向世界丛书”的志向和目的。

丛书原序□

钟叔河

一九八〇年七月

人们常说，今日之世界，乃是一个“迅速缩小的世界”（rapidly shrinking world）。在电视卫星、激光通信和喷气式客机的时代，地球之上各地之间的距离，确实好像越来越短，人们相互间的接触和交流，也越来越方便和密切了。

可是，仅仅在几代人以前，异国还显得那样的离奇和遥远。古代欧洲人说，中国人用小米和青芦喂一种类似蜘蛛的昆虫，喂到第五年虫肚子胀裂开，就从里面取出丝来（Pausanias《希腊纪事》）。古代中国人则曾经相信，西方有种羊羔是从泥土里生长出来的，脐带还连着大地（《旧唐书·西戎传》、《渊鉴类函·边塞部九》）。这类海外奇谈，今天听起来简直不可思议，而在过去上千年中，却一直被当作可信的资料，记载在欧洲和中国的史书上。由此可见，人类文明的发展，经历了一条何等漫长曲折的道路。

为了探索和开辟外部世界，丰富自己的物质和精神生活，各国人民都作过许多贡献。人类文明史像叙说伟大的发明家和著作家一样，将永远铭记着张骞、玄奘、马可·波罗、哥伦布等不朽的名字。我们甚至可以这样说：一个民族从中世纪到现代的历史，也就是它打开眼界和走向世界的历史。

历史的发展从来是不平衡的。当黄河、长江已经哺育出精美辉煌的古代文化时，泰晤士、莱茵和密西西比河上的居民，还在阴暗的原始森林里徘徊。而自从地理大发现和产业革命以来，中国却相对地落后了。在西方实现资本主义的现代化以后，中国还是一个基本上同外界隔绝的古老国家。是鸦片战争打开了中国的大门，也打开了中国人的眼睛。人们称林则徐和魏源为清代最早“开眼看世界”的人，因为西方的坚船利炮打到中国来时，他们首当其冲，亲身感到这个世界在缩小，距离和壁垒再也不能将异国隔离开了。

过去时代的中国读书人，在“严夷夏之大防”的社会里度过了上千年。封闭的外壳被打破后怎么办？守旧派的办法是把脑袋钻进沙子里学鸵鸟，像慈禧太后的大学士徐桐，见到洋人就以扇遮面。就是这个徐桐，在庚子年间焚香叩请骊山老母下凡来“杀尽洋人”，结果骊山老母没有下凡，他自己的老命却白白送掉了。而林则徐和魏源则不同，提出要“师夷长技以制夷”，主张学习外国的长处，以对付外国的侵略。要学习，先得了解，于是林则徐编了《四洲志》，魏源编了《海国图志》。虽然他们未能亲身出国去考察，书的材料靠间接采辑而来，难免有许多谬误，但无论如何，地里长羊羔之类的神话毕竟不得不逐步让位给常识了。

林、魏之后，中国才开始有读书人走出国门，到欧美日本去学习、访问和工作。容闳、王韬、郭嵩焘、黄遵宪和严复等人，要算是最早的。接着出国的人渐渐多了起来，尽管其中不少是奉派而去的政府官员，但既然去了，就不会不接触近代—现代的科学文化和政治思想，也就不可能不在中国发生影响。

“走向世界丛书”专收一九一一年前国人亲历

欧美和日本的记述。自从一八四〇年鸦片战争失败那时起，先进的中国人，经过千辛万苦，向西方国家寻找真理。应该说康有为和在他之前的郭嵩焘、王韬、容闳等人，的确代表了近代中国向西方寻找真理的一派人物。当然，丛书所收的，也并不全属先进的人物的作品；但总而言之这些都是中国人从东方走向西方的实录，自有其文化的意义和历史的价值。

必须指出的是：从鸦片战争到五四运动这一历史时期中，西方国家虽在许多方面比中国先进，值得中国人学习，但国家利己主义的本质，却总是要压迫剥削比他们落后的民族的。中国人走向世界、接触西方，既有一个学习外国长处的问题，又有一个抵抗外国侵略的问题，盲目排外和盲目崇外都是错误的。对于某些作品中不免流露的这类观点，我们将在为各书撰写的叙论中，适当地作些分析，供读者参考。

“洋为中用”是我们今天的主张，也是十九世纪先进的中国人的主张。“师夷长技以制夷”，不就是“洋为中用”吗？当然，随着接触和认识的逐步深入，人们慢慢地看出：仅仅学一点“长技”，搞一点坚船利炮，还是不行的；要救国，只有维新，维新行不通，就只有革命。伟大的革命先行者孙中山，用他自己的话来说，也是在一八七八年出国以后，“始见轮舟之奇、沧海之阔，自是有慕西学之心，穷天地之想”，才树立了推翻清朝建立民国的大志和信心。历史无情亦有情，后人的思想和事业肯定要超越前人，但前人的足迹总可以留作后人借鉴，先行者总是值得纪念的。

今天的世界已不是十九世纪的世界，今天的中国更不是清朝末年的中国。今日之中国，已经逐渐以现代的面貌，出现在世界的东方。但是，世界的进步越来越快，中国的经济和文化等许多方面还需要不断地发展和提高；这就必需继续打开眼界、走向世界。打开眼界以后，还要学会分析，分清好的和坏的。一切好的东西，要拿来为我所用；一切有害的东西，要实行抵制和预防。在这方面，前人的经验和教训，有一些也仍然值得我们注意。

谨将这套丛书奉献给爱好历史和文化、关心中国和世界的读者，希望它能在中国现代化的过程中，起到一点微薄的作用，是为序。

丛书凡例□

（一）“走向世界丛书”一九八六年前已刊三十五种，二〇一五年起仍按原定一百种的计划继续刊行，仍然专收现代以前用文言写作的国人考察西方（含开国后的日本）的记述，仍以亲身经历、直接闻见者为限。

（二）丛书按作者出国年月排列次序，尽量单行，即以一种为一册；只有字数过少无法单行者，才以两种或数种合订成册。合订本尽可能以类相从，按第一种出国年月排序；其各种均在封面列出书名，书脊则只列出第一种书名，并在其下注明“等几种”（另有附录者则注明“附几种”）。

（三）每种（册）书前，均由编校者撰写导言（叙论），介绍作者有关背景和书中重要内容，酌加评论分析，以供读者参考。

（四）丛书均经编校者校订，标点分段，并加边批。边批的内容主要包括三个方面，兹以《随使德国记》为例，举示如下：

1. 标题、提要和说明，如“星使由苏州来”、“普鲁士分一十二省”、“演八十日环游地球的故事”、“如夫人即赛金花”、“‘人工’今皆称工人”。

2. 书中较重要的译名（加括弧注出原文或今译），如“德璀琳（Detring）”、“毕驷马（俾斯麦）”、“布莱门（不来梅）”、“德利风（电话）”。

3. 原文的订正和存疑，如“‘公司船’原无船字”、“‘骁勇’原作‘骑勇’”、“‘薛福成’成字原作辰”、“奥京立斯本应是维也纳”。

（五）每种书后，均附人名索引，人名依首字笔画和一丨丿丶乚排列，按年、月、日三节数字查检（正文单页码下均有年、月、日三节数字备查)。如德璀琳之“德”字为十五画,于索引“十五画”内检得其名下首列“13, 8, 17”,查正文“13, 8, 17”在P. 3下,即可在P. 3上找到(光绪十三年八月)十七日“乘肩舆往拜税务司德璀琳”的记载。

(六)每种书后,一般附有译名简释(今昔译名对照,必要时并加说明),亦依首字笔画和一丨丿丶乚排列。如“卜兰墩浦 Brandenburg,勃兰登堡”,又如“勺勾腊 chocolate,巧克力”。

(七)人名索引和译名简释的条目,并不限于边批中所举者;边批中所举者,则必皆收入索引和简释。

(八)人名索引按年、月、日三节数字查检,其原书不著年、月、日者,则按篇亖序号或页码查检。

(九)原文因排印(抄写)而出现的明显的文字错误径予改正,不在边批中出注。

（十）原文中同一外国地名而作者译法多样，如缪祐孙《俄游汇编》中“彼得堡”就有“比得堡”“彼德堡”等异文，“莫斯科”也是如此。此种情形，无碍阅读，故一仍其旧，不作统一。

（十一）原文中之统计数字均一仍其旧。少量表格中之统计数字，为方便读者阅读，改为阿拉伯数字。个别已经失去时效、并无参考价值的资料，则在说明情况后予以删去。

（十二）丛书均以简体汉字印行；除总序、凡例外，编校者所作导言（叙论）、边批、索引中涉及的数字均按现行规定采用阿拉伯数字。

叙论：考察大阪博览会的两部日记□

张晶萍

1903年，日本举办大阪第五次内国劝业博览会。中国官绅或受政府委派，或受日本邀请，或自费前往开阔视野，形成了一股赴日考察的热潮。张謇的《癸卯东游日记》和凌文渊的《籥盦东游日记》均是对这次赴日考察大阪第五次内国劝业博览会的记载，有不少相似之处。但由于两人的身份、地位不同，观察视角又有差异。将两部日记放在一起合刊，左右参证，能更好地了解清末国人在走向世界的历程中所思所想，也能更好地了解世界是如何认识中国的。

（一）张謇《癸卯东游日记》（1903）

张謇（1853——1926），字季直，号啬庵，江苏海门人，近代著名的政治家、实业家、教育家。光绪乙酉

(1885年)科顺天乡试南元，甲午(1894)科一甲一名进士。清末历任江苏谘议局议长等职，是清末立宪派的领袖之一。南京国民政府成立后，任实业部长；北洋政府时期人，任农商总长及全国水利总长。

1903年，时值日本举办第五次内国劝业博览会，张謇受日本驻宁领事邀请，赴日观会，并考察日本教育和宪政。此行从四月二十五日赴上海定附日本邮船会社博爱丸东行、二十七日开行，到六月初六日返沪，往返前后七十余日。《癸卯东游日记》即是这七十馀日见闻的记录。

张謇东游日记中，首先吸引人的就是有关日本媒介对中国游历官绅的报道的记载。其时，贝子载振、侍郎那桐等人正在日本考察。张謇于四月二十八日抵长崎，二十九日泊长崎岸，登岸访町村小学校、私立鹤鸣女子学校、伊良林小学校等，三十日至马关，五月一日到神户。张謇从报上得知，这一天正好是振贝子、那侍郎回国的日子，西京伎小岸、藤叶、富子、胜子四人送贝子至神户；神户华商接待振贝子一行，"复大集声伎"。报纸复言贝子、侍郎在名古屋、西京广购美术品，而不甚购书。张謇与神户华商会晤，谈在日华事，以贝子之事询问华商，得知贝子等人行程匆匆，"亦无暇究商务"。张謇由此感慨道："然则华商户首龙旗飐飐，商殊不负国。"由此可见，清末赴日考察的满清皇族不过是游山玩水而已，何曾于治理国家、发展实业之事有心得体会？这是张謇所深以为忧的。类似的记载在以后的日记还不时地出现。如五月初十，张謇参观日本造币局，参观完毕，造币局主人呈请张謇题名。张謇翻看题名录前页，有军机大臣庆亲王奕劻之子载振贝子的题名，把“载”字写错了；另一随行人员户部右侍郎那桐题名时把尚书衔“书”字写丢了。此后，在参观大阪城内水源局时，翻看来宾录，张謇再次发现载振贝子写错了自己的名字，而那桐侍郎还是把自己的尚书衔写漏了。五月十二日，张謇在博览会通运馆参观，发现日本人制作的台湾模型中，把福建诸海口也绘入，标成黄色，与台湾等同。张謇十分惊讶。此事曾引发中国留学生的抗议，而振贝子、那侍郎等人毫无反应。张謇在日记中写道：“振贝子、那侍郎或未之见耶?”这些记载也很有意思，从一个侧面反映了满清贵族的不学无术、昏庸误国。

另一方面，张謇对旅日华商的国家情怀多有赞叹之辞。离开神户后，他转乘汽车赴大阪，住高丽桥清宾馆。因大阪第五次内国劝业博览会将参会的清朝与韩国并列，本有清韩协会，华商引以为耻，遂另外集资赁屋设清宾馆，以接待来赴博览会的中国官绅商等。张謇由华商此举再次感叹“华商真不负国”。在张謇日记中，充满了对旅日华商的关注之情，也充满了对商人与政治之关系的反思，多次谓日本工商业得到政府的支持，而中国的工商业处处受到政府的掣肘。

作为清末著名的实业家，张謇在东游日本时，十分注意考察日本的工商业与教育等情况，从中获得有益的启示。如五月初二日，赴大阪劝业博览会会场。博览会主要展示日本国内所制各物品，分农业园艺、林业水产、矿冶化学、工艺染织、工业制作、工艺机械、教育学术、卫生经济、美术及美术工艺为十门，一门之中，又各分类，以八馆处之；别列参考馆，置各国之物品。当时中国只有江苏、湖北、湖南、山东、四川、福建六省参加了博览会，有陈列出品。然而，所陈的东西如汉瓦当、经幢之类，与他国体现现代文明的物品相比，颇有些不伦不类。张謇感慨："劝业以开来，而此以彰往，若移置中国博物院，差不倍耳。"又说：日本人举办博览会，都是先在各府县郡设小会以摩厉之，非精能者不以入大会耳，经过选拔之后，才能参加国家的博览会，"良工不示人以朴之道也"。而中国参会的六省之间，没有协商，彼此不相侔，"若六国然，杂然而来，贸然而陈列，地又不足以敷施焉"。中国其他地方尚有很多精良东西，惜未能参与。

五月初四日，张謇先是拜访朝日新闻社执笔人西村时彦，了解朝日新闻社的概况。后至博览会农林馆参观，一边了解北海道开垦情况，一边从自然条件、社会环境等方面对比自己所经营的"通海垦牧公司"的情况，感慨："伊达邦成、黑田清隆之致力于北海道也，最有名，然竭其经营之理想，劳其攘剔之精神而已，国家以全力图之，何施不可？"而自己经营垦牧公司，"有排抑之人，有玩弄之人，有疑谤之人，有抵拒挠乱之人，消弭捍圉艰苦尤甚"。表示伊达邦成、黑田清隆之福命自己难以企及。

五月初八日，张謇参观桃山女子师范学校及附属幼稚园，对幼稚园的教授方法深表赞赏，叹为“美哉！”观女师范生体操和讲授教育学，又发出“美哉！”的感叹。

五月初十，张謇参观日本造币局，了解日本的金本位制；回想中国货币之苦，深以中国不确立金本位制者为憾，指出：“我政治家之性质习惯，有一大病，则将举一事，先自纠缠于防弊。不知虫生于木、弊生于法，天下无无虫之木，亦无无弊之法，见有虫则去之，见有弊则易之，为木计，为法计，虽圣人不过如是。”作者还表示，东西各国办事人并非别一种血肉制造，止法度公平画一，立法、行法、司法之人，同在法度之内。同日，参观大阪府立师范学校，了解日本教育发展史，感慨：“凡事入手有次第，未有不奏成绩者。其命脉在政府有知识能定趋向，士大夫能担任赞成，故上下同心，以有今日。不似一室之中有胡越异怀，一日之中朝暮异趣者，徒误国民有为之时日也。”

五月十四日观东成郡鹤侨村农学校，以为“此我通州所最宜法者”。同日，参观范多隆太郎所有之铁工场，发现其能造汽船与浚泄机船，张謇立即联想到上海制造局规模、经费都远过该场，却未为农工实业造一船、制一械，以市于民而收其利，以助农商之业而分人以利，“彼此相较何如也”。

五月十五日，张謇访问小山健三。此君经历颇为丰富，涉及领域广泛。初为医学校教习，后为长崎师范学校长，又为东京工业商业学校长，再为文部省实业学务局长，复为大阪株式会社三十四银行总办。张謇发现，日本士大夫为官商，听其人之志愿，为官之时则一意官之事，为商之时则一意商之事；而中国士大夫，则方官而有商略，方商而有官式。这个见解实在是鞭辟入里。当然，张謇也表示："我乌知日人之尽如我云云也，以我所目见者言之而已。"

张謇日记中还有一些很有趣的议论。如五月十四日在东成郡鹤桥村农学校参观毕，校长以学生饭留张謇午饭，这份请客餐有大小二碟，一以鸡子杂牛肉屑炒之，兼薯片二，一盐渍莱菔片二、茶壶一。若是学生日常所食，则仅生鱼片二，或熏小鱼二，盐渍莱菔片二，合为一碟，日日如此。日本教育家言：当使学生知，为学不求饱而敏于事，不可使饱食而无所用心。张謇以为，日本教育家所言"可谓知本"；由此又想到中国学校以饮食滋讼者多矣，"惜不令一游其校以参观之也"。

张謇所到之处，均受到日人殷勤接待、介绍，张謇时有感动，以为"日人于华人之来观实业、教育者，罔不殷勤指示"，"所愿华人虚往实归，无小大各成一绩，不负此生也"。（五月初五日记）在日本，朝日新闻社的画师还登门为张謇画小像，登诸报端，以志报道。

对于日本与日本人，张謇日记中大多赞誉有加，但也有批评，尤其是对日本商人诈骗的揭露，是所谓"日本唯商德最下"。闰五月四日日记记载了森村扇四郎与高野周省假售矿井机械凿井行骗一事。此前，张謇曾雇日本人伊藤泽次郎父子为通州纱厂凿井。井打到三十丈，见砂石层而无水，伊藤离去。张謇并没有就此放弃凿井一事，转谋他法。正在此时，得到罗振玉寄来的日本驻沪领事小田为森村托售的矿井机器图。经往复咨议，得知森村售卖矿井机器的详情：如果是定造，则先付本价三分之一；若用其现成的机器，则说明价值，运往试凿，有效付价，无效作罢；惟往复运费及工师助手之路费、膳资，不论有效与无效，皆通州任之。后来张謇在上海见到了森村之子森村要，对方举止佻荡，又请借墨银百，张謇对此人的品行起了疑心。居中介绍的罗振玉认为，但借无妨。于是张謇借钱于森村要，而索其借券。张謇东游到达长崎后，就听说了森村要挟邪之举。到东京，森村扇四郎来谈，多与钱、罗所言不合，且其人资质也颇可疑，张謇遂无意与其合作，索要回森村要所借银元。但森村父子相与推诿，颇费周章。张謇愤然而叹："嗟乎！日人谋教育三十年，春间教科书狱发，牵连校长、教谕等近百人。今察其工商业中私德之溃又如此，以是见教育真实普及之难，而人民性质迁贸于开通，有不期然而然之势。然以不信不义之国人，而冀商业前途之发达，是则大车无轨、小车无轨之行矣。闻半年来，中人受诳于日人者，复有数事，其甚细者值仅五元。"这类记载，可以为我们提供有关明治维新后的日本的另一种面相，颇有价值。

除这些有关富国强兵的大是大非外，张謇东游日记中也不乏对日本人情风俗的记载。如五月初十日，西村小池邀请张謇至其家午饭，“仿西制，颇有理会，其夫人所自治也。日人延客，以妇女治馔为敬，盖犹有华风。”

明治维新后的日本也并非尽善尽美，对此中国游历官绅各有评价。但在张謇看来，日本总体上是得多于失。五月十七日日记，张謇自言来大阪半个月，“见其衢路遗矢者三、见某校女学生以盥水之手摩男学生之颊二事耳，而未闻妇女诟詈之声、市井哄斗之状；七、八岁童子能画地作图，三四岁小儿亦据地以积木为铁道桥梁式，得固多于失矣。”

回国后，张謇就调查所及，评价日本各领域高低次第：“教育第一，工第二，兵第三，农第四，商最下。”这既是对日本的现状的评价，也反映了张謇的价值取向。

此次整理，以光绪二十九年（1903）江苏翰墨林书局刊本为底本、参考其他版本而成。

（二）凌文渊《籥盦东游日记》（1903）

凌文渊（1866—1944）原名庠，字文渊，号直支（亦作植支），江苏泰州人。清末秀才、庠生，肄业两江高等师范学堂。曾任南京临时政府临时参议院议员。1917—1926年在财政部任参事，曾出任财政部次长。擅长书画。

光绪二十九年（1903）春，贵池刘聚卿（世珩）以江楚两大府派赴日本考察“大阪第五次内国劝业博览会”。因凌文渊向来对经济有钻研，又与驻日大使王雷夏（宗炎）有师生之谊，故被选为随行官员。同行者有泾县查敬吾、庐江卢小湘、旌德江小楼、贵池刘少白、闽县李拔可、休宁汪茆生等人。

此次东游于三月二十一日由沪启程赴日，七月初回国，前后四个月。作者一路悉心考察，随时咨访，了解日本各方面的状况。如在乘西京丸从上海去日本的旅途中，作者就留意轮船上所挂的《日本通商各口岸税关条规》。到达日本后，在参观博览会会场的同时，考察日本劝业博览会的沿革；参观北海道陈列所时，晤其农会会长，访询北海道开垦始末方法，并详记于日记中。参观博览会中的农业馆，又详细了解日本养蚕方法、北海道石油矿法、林业法等；参观工业馆，于造纸法多所留意，考察至三天之多，详细记载美浓造纸法。在美术馆，作者观察到日本仿制中国磁器，精美过于我国，对□国利权被夺深引为忧。

四月下旬，作者前往静冈考察漆器。静冈以漆器精美出名，坚牢非其特长，但价廉易售，收益高。是以作者想了解其制作方法。为此，拜访了静冈县署内务部员本庄京三郎、漆业组合所窪田源，表明来意。在窪田源的介绍下，作者得以去漆器学校详细了解漆器工艺，又去漆器工场观摩漆器制作过程，并反思中国漆器所存在的问题。在从静冈返回大阪后，即向刘聚卿提出了改良中国漆器之办法；又将所考静冈漆器原料名称详列表载于日记中。此外，于大阪高等工业学校，详细考察其学制、课程、教授方法，特别关注其染色分料的方法，指出："昔尝阅我国税关总册，登日本印花布匹输入中国为洋货大宗。察其布质，悉用洋纱，或制自麻，或制自毛，尽有棉纱者不多，故质薄而不坚。然价值轻而花样新，色亦不变。中国贪廉炫奇，销路日大。兹观杂色料，重在图画、化学两途，始知其操胜之源。"并由此思考中国应对之策，"夫中国欲抵制洋布入口，则织布纺纱工场不可不设；有织无染，不能争新也，则印花、染色工场，尤不可不立；织染颜料皆从学问中来，则图画、化学不可不加研究。是必开高等工业学校，以期养成高等教师普为传授，乃为能握本源。"类似的反思在日记中比比皆是，不胜枚举。作者还参观了大阪市立高等商业学校、大阪府师范学校附属小学校、东京府师范学校、东京府高等师范学校、女子高等师范学校、东京帝国大学校、女子职业学校等。所有这些参观都不是走马观花，而是详考日本人兴办学校之方法及办学特色。其他如参观农事试验场，则了解农事试验场之场务规程。又通过与在日本各学校留学的中国留学生，了解商业之要等。因此，这部日记的最大特色是资料性，有关当时日本的采矿、造纸、漆器、机械等工艺方法无不记载在内。

除对工商业进行考察外，凌文渊对日本的政治、风俗也多有涉及。日本皇室的亲民、节俭给作者留下了深刻印象。如四月二日，作者听闻日本皇后将赴会，于是往观之，发现皇后“乘辇而过，扈车二乘而已，别无仪仗。道左右以绳隔行人，观者充衢，悉脱帽肃立”。四月六日，作者将观动物馆，又碰到日皇赴会，“乘双马车而过，观者充衢，陪乘者审查总长大鸟圭介，须发皓然，扈从兵士六骑而已，别无仪仗，警察为礼，亦俯道答之”。作者由此感悟到：“日民四千万踊跃尽国家义务者，以君不甚贵、民不甚贱故也。”

凌文渊擅长书画。有趣的是，日记中还多次提到日人来索画，有关记载达上十条之多。这从一个侧面说明了当时不少日本人保持对中国文化的热爱。

另外，值得关注的是，作者日记中也记载了当时日本媒介及官方对中国东三省的野心，如五月十四日《朝日新闻报》上有论俄人妨害日本满洲之贸易的文章，作者全文翻译记录在册；又如闰五月二十五日，作者赴公使馆访王宗炎，通过王宗炎，获示日本同文会长、公爵近卫笃磨致我国王公大臣论东三省的信，以及近卫笃磨抛出的满洲统治策等。按此策略，无异于将东三省变为各国殖民地。但作者对此没有评价。又如六月十八日，作者再阅《朝日新闻报》上所载有关俄日交涉事，以为“俄之议论，大抵强词，姑记之以观其后”。今天看来，这类议论不尽正确。读者自可鉴别。

作者自谦，这次东游历时四阅月，“于其政治、教育之奥蕴，愧无所得”，但“如农、如工、如商、如学制，亦尝探索其蕴”，并提出了自己的看法，以为，日本之所以能兴实业以强国者，原因有两个，“一则部省提倡于上，保护以权力，补助以资财，故能蹶而终起，无半途之废；一则学校振兴于下，欧美留学者奋志而往、实腹而归，归则以为实业之教师及管理员。彼之学校，非徒慕其高名也 。集众人果锐之气，尽生平之所学，以灌输于宗国。学理日益精深，实业安得不日有进步?”是以将自己在日本所见所闻整理成《籥盦东游日记》一书，共四万多字，阐述日本工、农、商、学之现状，以作为国内兴办实业之借鉴。

《籥盦东游日记》由南京南洋官报总局初刊于光绪三十年（1904 年）十月，由上海江南总商务局发行于光绪三十年冬月，前有陶森申、王宗炎两序。陶序称：该书“所载日本近事，上自政法、下及物产，巨细毕举，犁然可观”，并疑惑凌文渊是“尽得輶轩之咨度”，还是“平日究心时务、证之以目，而持论愈确”？又说：“昔真西山修《读书记》曰：‘此人君为治之门，如有用我者，执此以往。’植支抱负未遑多让。鄙人渡东瀛屡矣，往返迫促，未得月氏要领。略有撰述，无异井蛙夏虫。得是编而读之，又不啻洗眼于扶桑云水间也。”王宗炎序则称：“余观其模范山川、雕绘景物，斐然有法。于农牧之学、林樾之利、辟矿之法、学校之制，尤致意焉。盖植支之游，注意在实业，每有得必书，意将使吾国之兴实业者，咸有所取证，若规矩绳墨，陈于左右，以为方员平直不可胜用也。”可谓评价极高。

本次整理即以光绪三十年（1904）南京南洋官报局初刊本为底本。

由于同为考察1903年大阪第五次内国劝业博览会，凌文渊《篇龕东游日记》与张謇《癸卯东游日记》所记内容多有类似之处，甚至接触到的人物也有重叠之处。但两人思考的重点、关注的焦点、议论见解则有较大的差异。总体上看，凌文渊较为关注具体事情本身，侧重于工艺技术层面；而张謇则关注人事以及人事背后的制度支撑，侧重于实业救国的环境思考等，对具体实业技术本身措意不多。相比之下，张謇所思所想更为深刻，批评意识、反思意识更为强烈。对此读者自可体会。但两者均有其史料价值与阅读价值，特别是将两者对读、左右参证，更能了解清末国人走向世界的心路历程。

张謇癸卯东游日记□

光绪二十九年（1903）

四月二十七日　自上海出发

四月二十八日　抵日本长崎

五月初二日　　至大阪博览会场

五月初五日起　参观日本各地学校

六月初六日　　返回上海

□ 据光绪二十九年（1903年）江苏翰墨林书局刊石印本整理
□ 张晶萍　校点

29,4,25

（光绪二十九年）四月

二十五日　定附日本邮船会社博爱丸东行（日人采用欧美法，皆自定主名，名必用字之本义。华言轮船，日谓之汽船。汽，水气也。闻当时遍翻《康熙字典》而定此名。犹华言公司，日谓之会社，他似此者不胜数，盖融欧法、日俗而括以华之雅言。名必从主人，亦作事不苟之一矣）。自丙戌会试报罢，即谓中国须振兴实业，其责任须在士大夫。因先事农桑，竭八年辩论，抵持争进之力，仅成一海门蚕业。甲午后，乃有以实业与教育迭相为用之思，经画纺厂，又五年而后著效。比时，即拟东游考察。会世多故，谗言高张，惧不胜其描画而止。今年正月，徐积余自江宁寄日本领事天野君博览会请书来，乃决。 日本邮船会社博爱丸之定名

二十六日　午后，送行装至博爱丸，与叔兄蛰先、子培、苏谌话别，并送至舟。子培是夕亦附江轮至九江。子培久于刑曹，又博识五洲之事，国家近改设外务部，复议修改法律，而子培以江西广信知府一麾出守。 送行装至博爱丸

二十七日　早七时，开行。日人自甲午后，创赤十字社，造“宏济”、“博爱”二丸，用日金一百万元。无事则租与邮船株式会社，岁征租金五万元，分二十年归其造本，常时修理之费则邮船会社任之。闻欧人近造战船，亦用此法，有战事则配炮，无战事则经商，国家省平日养船 赤十字社

之费，兵商有联为团体之思，良法也。二丸宽长与载重均

船票打折

同，舱位三等：上等墨银五十五元，往复则七五折；二等三十三元，三等十三元。博览会规则有减二成之说，既以往复减折则不加折。同行者章静轩亮元、章中子孚、金平季永安、徐思潜有临。静轩故留学成城学校，以事归而复东，中子初往学，金、徐则挈以学工业者也。邂逅而偕者，蒋伯斧黼（故农会友），沈小沂兆祉（再宜同年之弟

“给仕”即茶房、服务员

也)。坐上等十三号，赖十四号给仕（日语谓使令人）张承训通语而便。承训十二岁至日，今二十四岁，中尝四至美洲，又在香港二年供使，驯谨而自病其业贱，有智识矣。行经大七、小七，水犹微黄色，更东则渐绿，至水正黑处浪渐大，距其五岛不甚远，船益震动。是日，东南风故不猛。闻人言：凡经此，虽极无风必有浪，即无风船亦动荡异他处。意海至深处，犹《元史》言瑠求之落漈欤?

经五岛

二十八日　午后，经五岛，岛之西南角有灯塔，林木秀茂，山上皆有田，梯田法也。麦已转黄，林际时时见炊

抵长崎

烟，岛络绎不绝，历一小时许。七时抵长崎，时已曛黑，但见入口处岛屿参错，海色映空，树影森森可辨。而已下碇后，望见南岸山市灯火上下成列，北岸略稀。

关人验病

二十九日　黎明，关人来验病，二三等舱皆察脉，上等立视客而数之，符客单之数即去。早餐后，与伯斧、静轩诸人登岸，访町村小学校。经其东明山寺，寺门在山

私立鹤鸣女子学校

麓，颇似杭州灵隐。山门内有私立鹤鸣女子学校。缘石径数折而登，至一小门，日人某先入为介，入见教室，女子

29,4,29

二十馀人席地坐，内向，一教员面外立，黑板写菅原《去年今日侍清凉》七言绝一首，口授之。一室二十馀人列坐，据矮几，临毛笔、画花卉。内又一室，十馀女子事针黹，盖特别裁缝教室。室皆不大。教画室光从右入，若回而取左光，则又面壁，不便教授人，故知因地而迁就为之者。市町村小学似此正多。女子皆紫裙（日人谓之裤），见客略一定瞬，习业如故。既又至伊良林寻常小学校，校舍皆楼，去年落成，容童子六百馀，十教员教之。其校长一濑秀太郎兼训导。视其一览表，地价一万三千余，营造费二万八千馀，预算岁支四千馀，教员俸金自每月十二元至三十馀元。皆自膳宿，直者别有支给。教室光线裁足当其平方面积，惟空气似不足，室盖容三十二坐几，几并二人，檐与承尘高不过八尺也。授业料少者月十五钱，不足则取资于地方税之补助，物理标本模型皆简，校长见客处一人供茗盏，馀无役人。余向谓中国兴学之难，在学生食宿费多，其食宿费多，仍由于学校少，而从学者多去其乡也。观此益有征。其西为师范学校，以开船时促，未暇往观。东明山寺门内，有福建曾氏墓碑，而无墓。东人死皆火化，葬以罐，皆附寺。寺皆依山，葬处占地方或二、三、四尺，大者不过丈，上皆有志石如方幢，高下不一，字皆深刻，皆不草草。寺殿有明唐王隆武元年太师招讨使黄斌卿题榜，必其乞援时事也。（按顺治二年，明南都陷，江北总兵黄斌卿遁归。唐王立，斌卿上恢剿事宜，唐王善之，封斌卿肃卤伯，令屯兵舟山，其至日

伊良林寻常小学校

东人死皆火化

本当在此时。）回时开行，海仅微风，所见岛屿星罗棋布，斜日掩映林木间，浓苍蒨翠，下澈波底，角力岩中空一门，东西洞达安期羡门，疑可招手而呼。日人治国若治圃，又若点缀盆供，寸石点苔皆有布置。老子言："治大国若烹小鲜。"日人知烹小鲜之精意矣！晚，过平户，岛民灯火数里不绝，远映波面，光若浮空，不知其为海上也。

至马关

三十日　晨三时至马关，关人复来验病如前。马关与门司隔岸相对，门司即马崎之转音，矿煤之出，率集于此。午刻开行，过此入濑户内海矣。

五月

至神户

一日　晨三时至神户，关人来验病如昨。四时登岸，孙实甫、李光泰相迓，遂同至东源、益源小坐。东源，光泰所设店；益源，实甫店也。光泰为置酒，见甬商吴锦堂作镆，同席者前江西鄱阳县知县陈子丰祥燕。子丰，壬辰前辈，与叔兄稔，亦甬人。阅报，知是日振贝子、那侍郎回国。西京伎小岸、藤叶、富子、胜子四人送贝子至神户。神户华商宴之，复大集声伎，日报言之。复言贝子侍郎在名古屋、西京广购美术品，而不甚购书。询之各华商，贝子匆匆，亦无暇究商务。然则华商户首龙旗飐飐，

楠公社水族馆

商殊不负国。与伯斧同访楠公社水族馆。水族数十种，小者内障琉璃，外距数尺，叠石四周，中空蓄水，上下有小琉璃水管，注新泄陈，以换空气。鳞介游泳，犹在波间。能举其名者十仅二、三，大者若鳄、若玳瑁、若海驴，皆

29,5,1

各甃小沼畜之，复以铁网。有一鳄骨长二丈许，旁有卖水族一斑图者。三时，与实甫、伯斧诸人同附汽车至大阪，住高丽桥清宾馆。馆为华商集资所赁，以待中国官绅商之来赴博览会者。实甫恶清韩协会之名，特赁是以别之。有房八十馀间，庖湢具备，窗户修饬。然则犹知爱国者，华商也。商真不负国。膳资按中格，每吨一席三元五角。寄叔兄讯。

至大阪高丽桥清宾馆

初二日　早餐后，实甫来，同至博览会。以请帖易其优待票入场。会场在大阪市天王寺今宫，为日本第五次内国劝业博览会，规地凡六十万馀方尺，馆舍凡九万馀方尺，聚其国内所产制物品，分列农业、园艺、林业、水产、矿冶、化学、工艺、染织、工业制作、工艺机械、教育学术、卫生、经济、美术、及美术工艺为十门，一门之中，又各分类，以八馆处之。别列参考馆，置各国之物品。中国止江、鄂、湘、齐、蜀、闽六省有陈列出品，鄂品有汉瓦当、唐经幢。劝业以开来，而此以彰往，若移置中国博物院，差不倍耳。日人自明治十年，始以官帑经理民间农工实业为第一会，此后，十四、二十三、二十八年续举二、三、四会，增长发达。自二十八年始，皆先于各府县郡设小会以摩厉之，非精能者不以入大会。良工不示人以朴之道也。中国六省，彼此不相侔，若六国然，杂然而来，贸然而陈列，地又不足以敷施焉。以余乡而言，通州、海门墨核鸡脚之棉、吕四真梁之盐，皆足与五洲名产争衡，皆不与焉。不有朝鲜，不知孰殿。遇李梴可宣龚，

大阪博览会

中国止六省有陈列出品

同观美术、工业、矿冶、机械、教育、卫生数馆，机械、教育出于学校生徒制者最可慕羡，美术以绣为最精，画平常不足张也。访聚卿不直，晚，袁伯揆来访。

初三日　与伯斧同诣大阪府，见其书记官山田新一郎、农会技师富冈治郎，欲借府知事介绍以观农工场也。

日人居室小而精

日人居室小而精，所居之楼，高一百十寸、深一百六十四寸、广一百三十六寸，覆瓦方尺，制作极精。居室外，有树，皮似旧铜绿色，深浅缀之。叶老者似夹竹桃而大，新者圆高三丈弱。询之日人，谓是欧产，名油喀利（译音），材不中用云。静轩、中子午后四时往东京。为磬硕寄汪伯唐同年讯。

访西村时彦

初四日　与伯斧访西村天囚时彦于朝日新闻社，不直，至其家见之。庭宇皆种树木，有枞、有杉、有松、有枫，枞则华人所谓罗汉松。其对门一松，大可两人合抱，高不逾丈，而左右横枝长各三丈许，绝可喜，亦可观。因西村识小池信美，小池曾在上海五年，能华语，亦朝日社执笔人。

社报盛行

社报独盛行，日出十五万纸，访事人则欧美诸大国，若英、法、德，若美，若俄皆有之。在华者，直隶之京师、天津，奉天之旅顺、大连湾，山东之烟台，江苏之上海，湖北之汉口，江西之九江，福建之福州，广东之香港。印机五部，今用其四，引擎马力二十八匹，排字房女工为多。

报社排字房女工为多

印用纸模，随时铸铅板，纸模则烘之三分时而干，铅则熔之五分时而融，既铸则裁之、刮之、刨之又三分时，版皆半圆如瓦，长二尺许，每一机一版。午后六、

29,5,4

七二小时内，各出三万馀纸。印机自明治二十二年开国会之日始，先一年，津田某往法，习印字工艺终岁，购机而回，转授国人。其人今为玻璃制造场之总长、新闻社长村山津田戚也。社长尚有上野理一，皆以报社致富矣。西村为言：村山善谈，上野笃实。观上野言论风采，西村语固信。仍至博览会农林馆，其赤豆、黄豆、大小麦，有大倍于华产者。北海道开垦图最详，与通海垦牧公司规画同者，墓地有定，廛市道路皆宽平；不同者，田不尽方，河渠因势为曲折。其不同之最有关系而大者，北海道故有大林，而我垦牧公司地止荒滩，北海道无堤而我之垦牧公司地非堤不可。伊达邦成、黑田清隆之致力于北海道也，最有名，然竭其经营之理想，劳其攘剔之精神而已，国家以全力图之，何施不可？宁若我垦牧公司之初建也，有排抑之人，有玩弄之人，有疑谤之人，有抵拒挠乱之人，消弭捍圉艰苦尤甚。是则伊达邦成、黑田清隆之福命为不可及矣！ 至博览会农林馆

初五日　端午，风雨。西村小池邀同伯斧冒雨观大阪市小学校创立三十年纪念会。会场在大阪城南陆军练军场，极宽广。小学校生徒依东南西北四区环列，由西北而东而西南，正西设台，备皇太子坐，其左右则官绅集会处，设军乐于左棚。客至外阑下车，至表门，有事务所人验收请帖，与所佩纪念铜章，馈饼一合、花二片，缀花于襟扣，而后入至左棚。西村为介，识造币局长长谷川为治、高等商业学校长福井彦次郎、汉学老儒藤泽南岳。时 观大阪市小学校创立三十年纪念会

风雨大作，至十点钟，学童奏洋喇叭，军乐继作，日太子与妃乘双马车，自东北隅至，周北、西南、东三面径去，有栖川亲王陪乘，二卒前导，侍从车二，各驾一马，一卒前导。日太子去，大阪教育会长、府书记官等，次第正立讲案中，外向对众致祝词。西村言：学童之集者四万人。

风雨交作学生行列不乱

风雨交作，而学生行列不乱，三十年之成效也。若非风雨，日太子降车入坐，奖其会长而于学童加勉焉。宁不益彰鼓舞之用？小池偕同先返，雨不止，衣履尽湿。是日，华人至者独余与伯斧。藤泽南岳遣其子元造来，愿为遍观各学校之导。日人于华人之来观实业、教育者，罔不殷勤指示，若山田、若西村小池、若藤泽、若三井参事石田清直，皆可感。所愿华人虚往实归，无小大各成一绩，不负

画师来为画小像

此行也。朝日新闻社画师山内愚仙来为画小象，其画以铅笔就小册为之，顷刻而成，行登诸报端云。寄上海讯。

初六日　与伯斧定参观之次第：先幼稚园，次寻常高等小学，次中学，次高等，徐及工厂。是日晴，藤泽士亨

爱日小学校

元造来，同至爱日小学校。校舍若侧看工字形，教室光线合度。校长高桥季三郎，教员十二人，男女各半。每室授四十或六十人，共凡六百人。又有补习科生百馀人。教科为修身、国语，国语中分读方、缀方、习字为三，馀则算术、体操、唱歌，女子别加裁缝一科，每日五小时。参观时，值男子教室教度量衡算术、英文，女子教室教唱歌，歌以风琴为节。先歌大阪市歌各一阕，次游戏唱歌，皆女教员，游戏歌即爱日寻常小学校之歌也。体操，男教员为

29,5,6

之，分群童为二党，以赤、白布帕首，东、西列。当场之中建一木竿，高丈许，上悬横木如衡，两端各系一筐，高约一尺五六寸，圆径同，眼径寸糊纸亦二色。教员吹欧笛为号，别二筐贮纸球如鹅卵大，均二色。教员先倾球如地，群童闻笛，各如其党之色拾焉，而仰掷于筐，筐重者胜，胜则呼万岁。次则易筐以竹盘，盘口有孔，贯竿之中，四角系绳，绳撮竿顶。教员复倾球，群童拾而仰掷如前，闻笛即止，落绳下盘一一出球，各使其党同声以报数。数竟，令一执旗之童记于黑板，数多者胜，亦呼万岁。操毕，各退。高桥以粉画地，曰“女子宜静肃，男子宜壮勇”。以是知日人不尚男女平权之说也。高桥先令诸女学生集运动场施敬礼，观其游戏、唱歌；次延至容仪室，观男女生所作真行书；又令女学生行抹茶礼。抹茶即唐人之点茶，大约器具、名式、位置与唐《茶经》、宋《大观茶录》同。自奉炉而进，即致礼，礼意甚恭。士族之家女子大都习之。惜言语礼俗皆不相通，不知酬答之礼缺略否也。次观爱珠幼稚园，园长盐野吉兵卫，园之教室无多，一室仅容三四十人，四周植紫藤为棚，庭铺细石数寸为外运动场，内运动场与讲堂合，颇宽广。课程则唱歌、游戏、积木、折纸而已。是日，为幼稚园开设二十三年纪念会，盐野、高桥导诸儿童，先于日皇御影前行鞠躬礼，既而演说发达保育之义，既肃客置宴，既导观其游戏运动。一人奏风琴，二保姆导诸童为种种游戏，有演方阵式者，有演晨起着衣、盥漱、早膳、结伴赴园式者。既复

日人不尚男女平权之说

女生行抹茶礼

爱珠幼稚园

入宴，人各木合二，肴饭蔬果十品，鱼二品，俗所谓辨当也。鱼冷而腥，色则甚洁。食毕，行点茶礼。临行，保姆同送之门。一保姆年十八，而教法最敏捷。询其人，为闲中夕（日音若太）子。午后，至造玻璃厂，日本谓玻璃为硝子。厂长岛田孙市。岛田初习工科制造，学成，干当此厂之事。厂以明治二十年四月创立，初以官本亏折颇巨，继归岛田筹资而官补助之，今归岛田一人。资本日币四十万元，用工男子四百六十名、女子四十名，引擎马力三十四，略用引皮带耳。制造大片用炭养二气，不用煤火，岛田自言由其所发明。观制成陈列之器，映光视之，尚有细点未净，不逮欧制，而价则廉平。日人治工业，其最得要在知以予为取，而导源于欧，畅流于华，遂足分欧之利而兴其国。然大概工价则过华，或倍或二倍我，政府而有意于通商惠工也。利过于日，有五说焉：一原料繁富，二谷足工廉，三仿各国之长使利不泄，四餍民生之好使不愿外，五与世界争进文明。其要则“以予为取”一语赅之。日本凡工业制造品运往各国，出口时，海关率不征税，转运则以铁道就工厂，又不给则补助之。国家劝工之勤如是。然地少谷贵，工资与制作之工并增均长，而言工业者犹务进不已也。与世界竞争文明，不进即退，更无中立，日人知之矣。次观泉布，观干瓢会，丰臣太阁遗物，华人所谓平秀吉，日人所谓丰公也。

“辨当”，今作“便当”

造玻璃厂

日人治工业知以予为取

初七日　微雨。藤泽士亨导观东区第一高等小学校。校以明治二十三年依教育卫生程度建立。凡东区高等小学

东区第一高等小学校

29,5,7

校五，并十二年后所建，始则草创耳，此其一也。校舍皆楼，购地、建筑五万一千馀元，过通州矣，而屋宇之多不逮。东区第一高等小学校员担区内户一万五千一百四十九、人五万七千五百三十三，在学儿童男六百四十五、女五百四十六，教员男十八人、女九人。收授业料（即学费）以区内外分多寡，区内每月金五十钱，区外六十钱（以中币计，钱五百六百文）。教员月俸男四百四十三元，女一百二十九元，共五百七十二元，约以二十七人命分之，每人月得二十一元馀，其最多者五十，最少者十二馀，以资望为差。校长皆以训导兼之。一校之中能容生徒如许者，无在校住宿之人也。校长冈村增太郎，学务课长米田的道。午后，访藤泽南岳于东区淡路町一丁目泊书院，访西村、小池，商询幼稚园保姆事。因晤清水常次郎，为言明治九年，日有官吏妻独逸人明保育事，是年创设幼稚园于东京，聘为教习，养成保姆。十一年大阪派女子二人往习，十二年开府立模范幼稚园，即以女子为教习。今存者止氏原钛子一人，年五十馀，在幼稚园二十三年，于保姆最有名。其次则片冈春子，年四十馀，堺人。独逸人之初教保姆也，用翻译通语，而各自观译成幼稚园之书，盖亦周折如此。今之爱珠幼稚园即前模范幼稚园所扩充。西村言：幼稚园惟大阪用钱多，建筑好。清水任为介绍保姆事。晚，实甫来，得叔韫讯说盐事，复电属显民审机速定。询幼稚园保姆事

初八日　西村小池偕同伯斧往观桃山女子师范学校。桃山女子师范学校

寝室即自修室

校容师范生一百二十人，皆食宿于校。自修室即在寝室之内，每室十二人，室以席度，每席长约中国营造尺之六尺、广半之，纵六横七，凡四十二席，七百五十六平方尺，每人占六十三平方尺有奇。寝具皆置复壁，寝自铺之，起则自收，四叠而置焉。帐亦临寝张之。一室中除自修几三外，无他物。几并坐二人，对面亦二人，中几有两面小书架，高一尺五六寸，以障对坐之人。每寝室一所一厕，斜沟以排粪，浴池约方八尺，四围木框，旁二石池，一方约三尺、一约四尺，贮冷暖水，室外横竹四排以悬巾。脱衣之椟，六层五排，无门，每椟方约尺馀。食堂与厨隔墙通门，矮几坐，饭器当几之中，一几八人对坐，人各一碟鱼及盐渍莱菔各二片。理发室与盥漱室连，理发室中设大镜三，旁有梳具箱，亦排叠架之。此五事，皆与华俗不合，华人起居占地较多也。音乐教室，案长七十二寸、广九寸五分略仄，内高十六寸、外高十九寸，坐高十五寸五分、广十三寸五分。理化室几案似前小学校，而每案皆相间二尺许，能容人行。又室之三面各有四窗，窗皆涂黑，其南面窗下层置回光镜，以教授光学。教员案右，置纸造人体型二：一止骨格，一自膜以内筋肉络管皆具，外衣白布。营造设置过小学校远矣。附属之幼稚园，教室少而游戏之场多，室中案长三十八寸、高十九寸、广十五寸，坐高十寸、广八寸，案面皆画方罫，教习黑板亦画方罫，见教折纸及积木者。又教小儿搜寻藏物，一寻即得，则群儿鼓掌贺之，否则，群笑之。凡所为，皆使小儿以脑

29,5,8

力相磨，又各寓于游戏之事，故一园之中儿童八十人，有愉快之容而无愁苦之色。美哉！次观女师范生体操，操场在屋内，广四丈八尺、深六丈，操之行伍分中央四隅为五方，每方一队，每队八人，凡四十人，有时变为十队，每队四人，蝉联接手踏步为乐，名群雀舞，欢美女子之舞容也。次观裁缝室，针黹之具皆同，有缝衣机一具。次观一室，讲授教育学者，庭有井，有衣桁，浣濯皆自为之，亦习庖事。美哉！校长大村芳树清水君亦至，为商保姆事，许迟日商定见答。氏原钬子月俸十八元，又手当五元耳。午后，乘汽车至堺观水族馆，所陈水族校神户略多。次观其海滨公园，有土阜三数，中一阜叠石方丈馀，一铁蕉甚大，百年外物也。返观博览会侧之动物馆，羽之族有鹤、有鹳、有鸳鸯、有鹭、有鹦鹉、有秦吉了、有鹁鸽、有鸽、有鸡，鸡类不一，有火鸡、有珠鸡，鹦鹉尤多，有白、有红、有绿、有杂色、有大有小，鹈最大，鹤最美。毛之族有虎、有豹、有象、有狮、有猿猴、有印度牛、有羚羊、有豪猪，皆一牝一牡，懒猴据枯枝而睡，其揭云：性懒，昼食饱即睡，夜则醒，睡蒙其头，醒亦不甚跳跃，似天下之养尊处优而媮懦人。鳞之族，文鱼独多，蟒与鳄独大。介之族凡近矣，玳瑁之大不逮神户。与拔可同至会场侧丰乐园晚饭。

儿童有愉快之容，无愁苦之色

海滨公园

初九日　小池导观中之岛高等工业学校。日本文部省直辖之学校二十有七，此其一也。学分八科，曰机械、曰应用化学、曰染色、曰窑业、曰酿造、曰冶金、曰船体、

中之岛高等工业学校

曰机关。其学期则三年。书记中岛义光导历各工场，唯窑业科某生指示独详。校长安永义章。次观医学校，校长、书记皆不见，一不通姓名人导观各教室，至细菌科室，某君随问随示，色和而意恳。其显微镜新自德国购来，可自五十倍至一千三百十五倍，以视极微茫之肺病，了然莹澈矣。至剖解实习室，见三四人共剖一男尸，药水气刺鼻，不可耐。晚饭后，观高丽桥东夜市，犹中国之趁虚赶集也。

造币局弛禁，许华人参观

初十日　西村小池导观造币局。局隶大藏省，平日虽内国人不听入，本年以博览会弛其禁，凡华人观察者指示尤勤。历其地金熔解、伸延、极印、精制诸场。精制场之平量轻重机为最新式，至精极准。其货币分金、银、铜三种，而以金为本位。金之币三：二十元、十元、五元；银之币三：五十钱、二十钱、十钱；白铜之币一：五钱；青铜之币三：二钱、一钱、五厘，凡十等。金以中国为最纯良；台湾色黯而质稍劣次之，朝鲜色淡多杂质金又次之。造金币者率九金而一铜，造银币者或九银、或八银，日人谓九百位、八百位者是也。华人苦货币之困久矣，近行铜元以济银穷，然不造金币，则金日流于外而日贵，且无本位则代本位者势必有穷，非计也。

政治家大病纠缠于防弊

我政治家之性质习惯有一大病，则将举一事，先自纠缠于防弊，不知虫生于木、弊生于法，天下无无虫之木，亦无无弊之法，见有虫则去之，见有弊则易之，为木计、为法计，虽圣人不过如是。而我之有立法权者，未更未见弊之法，先护已无法之弊，

29,5,10

慎已。东西各国办事人并非别一种血肉特造，止法度大段公平画一，立法、行法、司法人，同在法度之内，虽事有小弊，不足害法。是说也，常与沈子培、郑苏堪相发明之。局书记以来宾录请题名。次观大阪城内水源局。西村约至其家午饭，仿西制，颇有理会，其夫人所自治也。日人延客，以妇女治馔为敬，盖犹有华风。日人自三国时通吴为交邻之始，士大夫雅慕华风，故服重吴服，国语谓二、谓五、谓人、谓豆腐，直是吴音。器重唐木，漆重唐涂，风俗亦有杂学宋明者。自维新变法三十馀年，教育、实业、政治、法律、军政，一意规仿欧美，朝野上下，孜孜矻矻，心摹力追，今男女学生制服亦渐次更变矣。孟子以晋国为仕国，余谓日本亦学国也。午后观大阪府立师范学校。校自明治三十四年六月落成，规模宏敞，生徒定额三百二十名，讲习科分甲、乙、丙三种，每种四十名，凡四百四十名，校长及教谕、训导、舍监、书记四十三人，医员及柔术、击剑教员各一人，随意科有农、有工。附属小学校五百七十名，有简易寻常科，简易即单级也。教员不住校，生徒住校，一室八人或九人，寝具人各二绒毯，下垫厚三寸之布褥，中实稻草。食堂小于通州者半、而容人多于通州者三倍，则风俗习惯之不同，抑日人之能刻苦也。讲堂容五百人。校长森本清藏，附属小学校主事森川正雄导观一周。日本初效美国学制，全国建师范学校五所，或云八所，延美国教习二人，余以曾读西书者当之，生徒二百许人，教科书则文部省编纂颁行。今则每府县各

局书记以来宾录请题名

日俗有华风

大阪府立师范学校

日人能刻苦

建一师范学校，又增建女子师范学校，为广设幼稚园之本，教科书已屡修屡改。凡事入手有次第，未有不奏成绩者，其命脉在政府有知识能定趣向，士大夫能担任赞成，故上下同心，以有今日。不似一室之中胡越异怀，一日之中朝暮异趣者，徒误国民有为之时日也。

单级小学校

十一日　复与小池至师范学校，观单级小学校授业，见其教员大西奈良松。单级者，为町村学童计，故合四年生于一班授之。此于中国今日最宜。主事人应客处，外庭绝旷而无树木，骄阳逼人。同小池至丰乐园午饭，饭后与伯斧观博览会机械馆。是夕，为日人金曜日，会场内外电灯尽张，士女阗塞衢路，履声如万竹齐裂。水帘亭以七色镜旋转，现虹霓之色，于光学颇有发明。村井兄弟市孔雀标纸卷烟有声架一楼四层，自上澈下，电灯约千计。日人工商于美饰事极注意，亦其习惯也。

“金曜日”即“星期五”

织物株式会社

十二日　巳刻，小池来，同至天满桥北织物株式会社，专织绒布处也。机一百六张，汽炉三，用二备一，引擎马力二百匹、飞轮径约英尺一百三四十寸，用煤日五十馀吨（五十恐译者之误当是十五）。每日早六时开车，晚九时止。女工四百人，男百人，工资自三角至九角不等，亦有按织成之数包价者。织线有纯羊毛、有混羊毛，混者以棉、羊毛杂之，纯者自澳洲来，北海道产少，不足供用也。别有手织机一张，织粗厚五色绒布。午刻，实甫来与商金、徐二生学习工业事。复至博览会观工业馆，织业最良，制筬最精（筬即华人所谓簆）。他如织席、舂米、制

29,5,12

面、榨油、炼糖、卷烟、吸水造磷寸之机，无不具者，需本皆不多。若得十万元，可试办一工业实习学校，十年后进步不可限量也。次观通运馆，舟车法度咸备，最精者环球航路之标本，内国山海之模型，台湾模型极精审，可异者乃并我福建诸海口绘入，其志以黄色，亦与台湾同。振贝子、那侍郎或未之见耶？

十三日　早起，为人作书，赠藤泽南岳翁诗一首：“海色西来满眼前，神山楼阁瞰吴船。谁知白发松窗下，犹抱遗经说孔传。”（翁名恒，字君成，晚号南岳，父亦汉文名家翁，著《日本通史》、《探奇小录》，文笔修隽，子元造亦重汉学，日人谓翁三世儒家。）村山隆平、上野理一、西村时彦三君招饮网岛金波楼，席罢，赋诗呈同坐诸君。（金波楼在淀川曲处，隔岸即造币局，土人称为鲋宇。主人泽姓，自其先之营此业，至今十七世，阅三百年矣，未尝迁徙。唯前为平屋，明治初变法后始改为楼。庭前老梅干大几及尺，而中空束以铁带，横斜矫健饶有古趣。檐角一小松，秀出天然，百年后异材也。宴客之堂广十八席，陈设精雅不似酒肆，坐上小山、健三诸君皆长者也。）“淀川川上画楼多，楼外岚光映叵罗。接席相忘天佚荡，岸巾强复醉嵬峨。北听绝徼悲涛涌，西望沧溟落日过。星月渐明灯渐上，从容良会记金波。”西村君索书，复作诗贻之，《喜见西村君于大阪》：“握手重言笑，霜华鬓已催。艰难五年别，辛苦百忧来。古义寻侨札，当筵识马枚（谓内藤虎次郎）。莫谈王霸略，且覆掌中杯。”

赠藤泽南岳诗一首

东成郡鹤侨村农学校

十四日　小池导观东成郡鹤侨村农学校。校在一山麓，四周有水。水外皆试验场，场有学生任者（日人谓之学生担当地），有农夫任者。有畜牧场，场有治外来患兽，有剖解室。牧草有本国种，有欧美种。家畜有华种。牛、羊、豕，室不洁，鱼鸭池不广。稞麦因久雨不良。观学生割麦，用石油寻治稻秧害虫。校有体操而无音乐。学生习农者一百三人，习兽医者七十人，学成不入高等，听其散而归，各治其乡。若入陆军、或他校、或别治生业，亦听。此我通州所最宜法者。初见其书记兼教谕小野田嘉久二，继见其校长井原百介。导之周历各场者，校长也。

以学生饭留饭

至午，以学生之饭留饭，大小二碟，一以鸡子杂牛肉屑炒之，兼薯片二，一盐渍莱菔片二、茶壶一，盖饷客如此。若学生常膳，仅生鱼片二、或熏小鱼二、盐渍莱菔片二，都为一碟，日日如此。凡日本教育家之言曰：当使学生知，为学不求饱而敏于所事，不可使饱食而无所用心。可谓知本。中国学校以饮食滋讼者多矣，惜不令一游其校以参观之也。午后，大阪邮船会社金岛文四郎具小轮，邀同

观筑港

伯斧、小池同观筑港，本海也，筑而后有港，故名。筑港当大阪正西南，伸股至首，合抱相向作蟹螯形，左股长约华里七十馀里、右股长约华里五十里，面广约一丈二尺，底不可测度。询诸金岛，云：先造石船，运石沉标筑处海

塞门忒士（水泥）

底，而后下塞门忒土。所造之大方石出海面，五块或四块。塞门忒土，建厂自造。和土运土皆用机械，惟杵筑用人，二人一杵，每石三杵，别一人执版下筑以齐四边。以

29,5,14

英尺计，每块高四十八寸、广六十寸、长七十二寸，重半吨。筑石之处，上覆木棚，棚下可筑四石棚，有脚架于运土铁轨，每筑四石成，则移其棚，而包石以稻荐。至其竣工处观之，堤脚之外亦甃石，石长方，外平面方尺余，内平面减约十之二三，层累而上，自成斜度之坦坡，他旧石岸亦如此。日人初师荷兰学，荷兰人以建筑工名欧洲，意仍兰法也。内外侧平面方数，可以意想坦坡斜度定之。近十二年内，以大阪水道、淀河、筑港，为全国三大工程。筑港之举，自明治三十年十月始定，三十七年竣工，预算费二千万元。其水道自二十五年始，费三百六十万元，淀河工自三十一年始，费九百十万元。勤矣哉！孔子曰：禹无间然，卑宫室而尽力乎沟洫。禹之明德，宁非吾中国所当取法者乎？乌乎！回经安治川，观范多隆太郎所有之铁工所。工场面积六千七百馀坪，当中国四万馀方尺，资本一百五十万元，能造汽船及浚渫机船。匠目无欧洲人，台湾基隆有分场。我思上海制造局规模之大，经费之宏，几几十倍于此，曾未为农工实业造一船、制一械，以市于民而收其利，以助农商之业而分人以利。彼此相较何如也？ 范多隆太郎铁工所

十五日　与伯斧、小池诣小山健三。小山初为医学校理化教习，旋为长崎师范学校长，旋为东京工业商业学校长，一为文部省实业学务局长，旋为次官，温雅笃实人也，今为大阪株式会社三十四银行头取（头取犹华言总办）。从问劝业银行事例，赠银行事务要项，并照像片。日本士大夫为官商，听其人之志愿，方为官则一意官之 小山健三 日本士大夫为官商听其人之志愿

事，及为商则一意商之事。华士大夫则方官而有商略，方商而有官式。我乌知日人之尽如我云云也，以我所目见者言之而已。午后，看博览会水产馆，通州可参酌仿行者，唯十胜川之鱼簗，滨名湖之鹜池，若养蛎法，采自厦门，不知宁台之产也。宫城之盐，其第一等与余东同，不逮吕四也。日本产盐不足供民食，比借台湾盐运入以赡之。方庚子后，订各国商约，有洋盐进口之请，其时华之盐官商大哗。余谓刘忠诚公：是无妨，不过私枭中多一洋旗而已，若以设厂造盐之新法，行就场征税之名言，枭且化为商，何有于洋人？余意许洋盐入口，宜增华盐入各国口一条，以抵其利益。忠诚公谢言：无此气魄。夫世界气魄人造之，天之气魄则抟抟大地，高者山而下者泽耳，宁使可倚。适有所触，牵连记之。观电气、光学、不思议馆火焰舞，既曰电气光学矣，便有可思议，应曰非不可思议馆。

洋盐进口之议

不思议馆

详询染织、纸业之事

十六日　雨，小池来谈，详询染织、纸业之事。染织工以西京为最良，纸业以土佐为最良，静冈次之，王子次之，美浓、岐阜又次之。午后，诣三十四银行，观其办事分收、付、存为三处，三者之中又分零整，聚办事人于一厅，而头取室即在大众办事之后，隔以屏风而已。纸币与实银并藏一库，币藏保险箱三、实银藏小方箱累百。小山一一指示，扃键甚牢云，防盗也。余问：警察甚周，尚患盗乎？小山言：警察逾密，盗亦逾巧。夫弊生于法，无古今中外，一也。日人不因盗不消灭而非议警察，知其民智之程度进矣。其银行自明治十一年始，本为国立，后属之

银行保险箱扃键甚牢

29,5,16

商，又并中立、共同、有鱼三银行而成，合资凡五百万。工商之业，官为民倡，有利则付之商，不上不夺也，而维护之，以是知其官智之程度高矣。劝业银行仿自德意志（日人译为独逸），用株式会社法，集本一百万，听人入资，凡股票五万张，每人入银元二十，多者亦听，参用抽千得彩法以鼓舞之。凡营农商实业者，皆得以不动产抵借，产值十借五，岁纳息七厘至八厘，不限还期，听借者之便。近乃推行于台湾。常闻我华官言：日人治台，岁费甚巨，而所得盖寡，以为日人之掷黄金于虚牝也。乌乎！官之于民也，务司牧之而顾朘之，又寸寸而度之耶？余于去年劝一二知好立银行于通州，以劝助农工商之业，尚无成议，不知此事终获幸成否也？从市上度量衡器贩卖所买度量衡各一器，器为涩谷制，皆钤官印，明治三十年用篆书正字，三十二年用篆书定字，修复者用篆书改字，字或以火烙，或押盖，由官定式，而听民仿造，造成呈官检查，合度者钤印。度有四，日制三：一曲尺、一鲸尺（亦名念佛尺）、一女子学校尺。曲尺较英尺长五厘，土木工用；鲸尺较英尺长一寸九分四厘弱，裁缝工用；学校尺较英尺短一寸四分四厘，便女子携挈。曲尺、鲸尺皆钤印，学校尺为教育而设，不钤印，仿英制。一以非本国之度，亦不钤印。曲尺，竹木牙骨革布制者，一尺以下检定料五分，三尺以下一钱，鲸尺六尺以下四钱。金制者，三尺以下二钱五分，鲸尺六尺以下五钱。量木制者，二合五勺以下一钱至六钱止，金制者二合五勺以下三钱至八钱

官智程度高

买度量衡各一器

止，皆四方形，有定准。量米谷者，有当铁为之，方二方，横平量面而支其两隅；量油酒者，无当，概用圆木，亦有印，检定料均五分，无斛。衡有三：天秤、台秤、杆秤。天秤一厘以下，台秤五十贯以下，均五十钱，台秤至一百钱止，杆秤二贯以下，八钱至二十钱止。制作、修复、贩卖者，皆纳身元保证金。度量制作纳三百元，衡纳五百元，度量衡修复纳二百元，贩买纳百元，本末详度量衡法规。往持同度量衡之说久矣，以为是国权之所寄也。今姑准日制，赢缩平均通计之，每度器一税二十五文，量器一税四百文，衡器一七百五十文。华人四万万，以一万万人用度量衡各一器，初年亦可得钱一万万元，以后每岁按三成计，亦得三千万元，即使省之以倍，数亦匪细，不犹愈于他捐之扰扰乎！此其道有三：一则有所附而取，一反是；一则商失其暂时自便涨缩之利、而士农工得永久共便画一之利，一反是；一则证万国之通例，复三代之旧规，合于公理，一反是。利弊得失，宁不较然，愿闻吾言者，更平心而计之也。

度量衡制作者皆纳保证金

十七日　束装，侯小山绍介讯侯实甫来计金、徐二生从学事。拟遣金生至西京染织学校，徐生至大阪有机纸业及手工纸业工场，次第学习。为农商之介，欲归约同志鸠金生息，资生徒东来广习工业，不知谐否？执笔论事而悔读书之少，临事需人而悔储才之迟，举世所同，余尤引疚。自来大阪逾半月，见其衢路遗矢者三、见某校女学生以盥水之手摩男学生之颊二事耳，而未闻妇女诟詈之声，

29,5,18

市井哄斗之状；七八岁童子能画地作图，三四岁小儿亦据地以积木为铁道桥梁式，得固多于失矣。

十八日 伯斧往游天满宫，余休于旅舍。听二华生论日人十年内与华人交际情状。一生曰：日本风俗由来褊小，维新以后，直中国政令不修，万事隳废，行其远交近攻之计，士大夫一着欧衣，沾沾自喜，其心目中遂觉凡支那人无不在其下，强暴者无往不为轻蔑凌侮之举。其用柔术者，乃欲揽中国教育之权，以中国为殖民之地，观宏文学院之所为，联队西乡之无行，其最显明者。彼自宋以前，无一不效法中国，今唯其老成长者犹能言之，亦尚有惓惓同洲之意。至其政府以迄新近少年殊大不然，彼亦学欧美耳。我学其似而仍须欧美之真，是学而又须摧眉抑颜以受之，不若尽中国学子分游欧美，即使欧美人之待遇犹之东人，我已权二而省其一，不犹愈乎？我是以决去日而游美。是说也，我思之。一生曰：登高必自卑，行远必自迩。以我普及教育未兴之人，一蹴而几欧美，是责三尺之童以乌获之任，鲜不蹶者。不若就其犹近我者而借径焉，以为拙也。我之君臣上下诚确有句践、种蠡坚忍自奋之图，亦何嫌会稽持盈定倾节事之待。彼骄则我益下，彼肆则我益恭，以求进于学问。下则志苦，恭则气肃，进退消长，于实业教育程度衡之，我果有自立之日。今日之受侮，皆我玉成之资也。苟不自立，人即朝挛而夕咻之，其耻均耳。是说也，我思之。

二华生论日人十年内与华人交际情状

十九日 挈一衣囊与实甫同附汽车，九时启行，十时

至西京 至西京，寓麸屋町柊屋旅馆，主人西村庄五郎。因实甫见岛津源吉。岛津设肆，专造学校理化器械标本，与学校人颇熟，亦略知学校事。自其父习艺于美国人，源吉兄弟嗣

水力发电场 之，业益昌。导观水利事，初观水力发电场，水自琵琶湖过山隧而来，高于机轴处一百二十尺，每一分时积水二百五十立方尺（其执事人云：水高一百三十六尺，积三百三十二立方尺，此据一览表）。用电工业七十九家，计马力二千二百二十三又一分五之三。其专用水力者，二十四家，水量五百六个零八二。次观蹴上至京都市小川头最低

舟溜之法 处之舟溜，溜左右排铁轨二道，回旋为用，左道升则右道降，右升则左亦降，其运动机在小川头最低处一石屋中。溜船长二丈许，广不过七八尺，溜架校船长广略加，两旁有栏，高五六尺，待溜之船浮杈上流，架由铁轨没水迎之，架面适承船底，渐引而下，至下流亦没水送之，船浮而离于架面，则人驾之去，空架复退回。法至便，亦美制也。往闻苏堪述之，不能晓其法，今见之了然矣。江浦朱家山口若用之，岂不大利？次观水力组绳场和棉场，其分水处，山特耸起，树木如画，水悬泻丈馀，练飞雪吼，有砖石漕受之。漕广六尺，循山麓曲折而下，以灌溉平原之田。凡所见水有用处，皆人工也。自明治二十三年始，凿山建渠，通漕设楗，用费七十四万馀，皆京都市捐集。创兴之始，人咸怨之。今农工商之利日新而月盛，至欲醵金写像以报始功之人，其人则前京都府知事北垣国道也。功不在李冰离隼下，百世之祀，宜哉！访染织学校长金子

29,5,20

笃寿。

二十日　岛津同至染织学校，金子导观各教室工场，与商金生留学事，订四、五日与参事议定，由岛津见复。出同至盲哑院。盲者教识字母、教算、教按摩、教音乐、教历史地理，盲者教之。聋哑者教习画、习裁缝、习绣、习手语、习体操，哑者教之。亦有不盲不哑者助教。一哑生藤园画，楚楚可观，为市其山水小幅。一盲生能于小长方铜范中针刺字母，以一元奖之。与实甫、伯斧各纳助费十钱，院例也。彼无用之民犹养且教之，使有用乎！观岛津所制村田枪，云凡中学校以上皆用以习操，小学校略小，寻常小学校则用气枪，亦用白铁为炮，使小儿推运演放。民间猎户买枪，先至警察署报明，请给枪照。不闻其民有揭竿事也。华民禁藏军火是旧令，然大枭强盗所用皆新式快枪，每一肆虐，即绿营之老兵锈枪尚不能敌，何况徒手汉？吾丘子赣言：邪人挟之而吏不能止，良民以自备而抵法禁，是擅贼威而夺民救也，无益于禁奸，而废先王之典，使学者不得习行其礼，大不便。然则政府固宜知古事、知今事者矣。午后，以小山介绍书抵大学院长木下，直木下病气卧床，见其执事某郎，略观设置大概即返。大学院本非我之所欲观也。以博览会优待票游御所，明治天皇维新前之宫也，有清凉堂、有紫宸殿（清凉汉殿名，紫宸唐殿名），殿屏绘中国许由以下至魏征、李勣等三十二人，旁殿屏绘兰亭修禊、岳阳楼、十八学士登瀛洲诸图，有绘钟期听琴，王质观棋，皆中国故事。殿不瓦，累

盲哑院

学校以枪习操

游御所

木片厚尺馀盖之，气象亦宏。然以比汉天子之闲馆珍台、赵官家之寿山艮岳，相去远矣。实甫旋大阪，小山电问行止，别后犹勤勤于此。

二十一日　伯斧独往观其图书博物馆。旅馆有八云琴，琴二弦，略同中国琴制而短窄，下承两足，有大小徽二十馀。主人谓是日本古风之琴也，初止一弦，后乃两之。令一小女子鼓一阕，不终。主人索书，写一绝句付之："桓伊到处堪吹笛，饮酒公荣与不如；况为八云成一奏，何妨竟作换琴书。"小山复来电，欲来导询教育，可感！可感！答电谢之。午后，去名古屋，地属爱知县。七时即投小山介绍书，寓富泽町二丁目支那忠旅馆。

小山欲来导询教育

商业学校

二十二日　八时，往商业学校，晤校长市村芳树并教谕斋藤清之丞。校自明治十七年矢野次郎所创建，今有其石印小象。校舍规模开敞，大门有楼，榜曰"世界我市场"。门之外一椭圆形小池，池之中以沙土凹凸为地球海陆，意将启发诸生昌其国之商业遍于五洲也。无寝室，无食堂，有商品室、理化室，商品列华物甚多。教室二十，球场十，扣所五，可容一千五百人。观其统计表，现有一千一百馀人。三十三年以前，每岁入学六七十人；三十四年后，入学者殆三四倍之。学生食宿费一百三十八元，学费十二元。校邻有新筑之楼，供学生寄宿。其统计表较他校加详。市村示其校规，加意于信用服从。斋藤示其伦理书，亦兢兢于私德。日本唯商德最下，二君注意于此，真对证之良药。市村为校长已十年，观其题词，颇历艰苦，

商品室中华物甚多

注意商德

29,5,22

惟言语不通，不获详叩，通译者又不能达彼此之意，为可憾耳。十二时行，临行得小山静冈介绍书，因附汽车，四时至静冈。行经天龙、大井二川间，见其农田最有法度，他处所不及。是晚，商业学校长冈田祯三来访，小山门下尹公之友，亦端人也。

二十三日　冈田导观其商业学校，规模不逮名古屋。复同至安东村野村角太郎造纸工场，旋附汽车同至江尻场吉川作之助造纸工场，皆以旧法为本、而参以机械。野村自言，引擎三十二匹马力，吉川自言引擎五十四马力。野村工场杂用三桠、雁皮、楮三种，而三桠为多。所谓鸟之子纸，其口语则鸡卵纸。吉川工场全用三桠腐化，原料用苛性曹达，漂白用硫酸、松香、曹达等料，较旧法制精而出多，日人所谓改良纸。维新之始，政府印刷局用之，至二十七年下其法于民间，计全国用此法而最大者凡四所，静冈三，越前一，其他皆手工，或以造薄纸为主，或机械少、资本不逮者也。各学校专印暗文纸甚多，凡日本工商业稍大者，其用器皆识其姓名，几成通例。以中、日大概风俗论：日人致而中人纻，日人褊而中人廓，利弊各有相因者也。冈田愿为介绍于扎幌北海道拓殖银行宇佐美敬三郎。午后四时，附急行车至东京，时已九时三刻。静轩、俊卿候于停车场，同至京桥区绀屋町清净轩。

静冈商业学校

造纸情形

至东京

二十四日　早起，寄影照小象于小山、西村二君，甬人张伯岩、黄桂芬以王惕斋所属来为照料。旅馆门外临江户城濠，濠水不流，色黑而臭，为一都流恶之所，甚不宜

江户城濠色黑而臭

于卫生，此为文明之累。午后，至医科小幡英之助处修治病齿。

二十五日　访森村说井。午后，以治齿独在旅馆，伯斧与路壬甫往观农科大学。

二十六日　移寓本乡区弓町本乡馆。馆与各学校相近，故中国留学生寓此者多，聚卿、拔可亦寓焉。治齿。

二十七日　与森村说井，治齿。

二十八日　治齿，仍与森村说井。

二十九日　治齿，订购凿井器，议稿。得三兄讯，知通州师范教习木造以神经病自戕。日人在中国自戕者，约略记忆似有二、三人，若在本国自戕者，见于各报几无月无之，了不足异。中国之人少见多怪，又鬼神祸福之说锢其脑筋，不知谣言当作何状。

日人自戕无月无之

闰五月

一日　至筑地活版制造所，看造铅字。

二日　镶齿成。与伯斧、壬甫、惕斋同至横滨，被雨，略事游览，识浙江归安人潘延初，此君商于函馆，已三十年。

三日　雨，访泰兴留学生于弘文学院，访章静轩、洪俊卿于成城学校。凡学校，以成城之食宿为最苦，功课为最劳，留学生之名誉亦以成城为最美。能自立者，必先能自苦，吾于章、洪诸生有厚望矣！中国人留学外洋者，多喜就政治、法律，二者之成效近官，而其从事也，空言而易为力。若农工实业皆有实习，皆须致力理化，而收效之

访留学生于成城学校

29,闰5,3

荣不逮仕宦，国家又无以鼓舞之，宜其舍此而趣彼矣。近年余与蛰先论中国目前兴学之要，普通重于专门，实业亟于名哲，世人渐有响应者。留学生之志于实业亦日多，是可喜已！访汪伯棠监督，伯棠有性情而明于世变，政府以公使与学生龋龁，置监督以调停之。伯棠月助华人所建清华学塾一百六十元，贤于人远矣！而在中国，时闻留学生中犹有求多于监督者。 兴学之要

四日　森村扇四郎复与高野周省来，说凿井器事。自去年九月雇日工伊藤泽次郎父子，用农井法在通州纱厂凿井，深三十丈，见砂石层而无水，伊藤引去。余必欲竟其事，又欲一究地层分数，以为通州地质学之始。适叔蕴寄示日本驻沪领事小田为森村托售之矿井机器图，欲更试之。属叔蕴询访，叔蕴以询钱念劬，往复咨议，念劬书云定造三百间（日人以六尺为一间），则先付本价三分之一，若用其已成之百五十间，则说明价值，运往试凿，有效付价，无效作罢。惟往复运费及工师助手之路费、膳资，不论有效与否，皆通州任之。叔蕴与森村之子名要者议，同书来相告，且订先观其伊豆所凿戎绩。至上海时，见森村要举止佻荡，目动而言肆。及再见即请借墨银百元。以质叔蕴，叔蕴谓渠方图大或不觊小，借无妨。余谓日人商业甚无信义，十馀年来中人之受诳者指不胜屈，君为作保恐受累，叔蕴仍谓无妨，乃予之而索其借券。至长崎，察知森村要挟邪之举。至东京，康四郎来谈，多与钱、罗书不合，其神情颇有要劫，其名则称工师，而其友 森村扇四郎父子诓罔之事

高野周省张之曰是海军技师长。访之海军无此人，访之横滨无矿业商会。其住横滨户部町裁三月，一子年十八，在中学校。森村要非其子。高野自称农学士，又自称兽医，访之警察厅，则高野名下仅署一农字。访之农科大学，则从前学士中并无其人。种种证罔，已无意观其伊豆之工矣。乃索所借百元以试之，父子果相与推诿，图诳语，反复至三、四无定，则峻辞以谢之。以借券付松山堂书肆代索。又考知森村与外务部翻译小林光大郎善，念劬习于小林，而不知小林外间之声明。其以图属驻沪领事代售，或云亦小林为之，蛛丝马迹，因原甚多。嗟乎！日人谋教育三十年，春间教科书狱发，牵连校长、教谕等近百人。今
工商业中私德腐溃
察其工商业中私德之腐溃又如此，以是见教育真实普及之难，而人民性质迁贸于开通，有不期然而然之势。然以不信不义之国人，而冀商业前途之发达，是则大车无𫐐、小车无軏之行矣。闻半年来，中人受诳于日人者，复有数事，其甚细者值仅五元。

五日　嘉纳治五郎遣人来订相见之期。午后买印泥，
求教科书
定初七日往北海道，属聚卿从长冈护美子爵求明治初年至二十五年各教科书，云文部尚有之，可以取观。

访竹添、嘉纳
六日　至鞠町区访竹添、嘉纳。竹添自朝鲜归后即辞职，居滨海别业，著书自娱，无子，止一女，嘉纳其婿也。方壬午、癸未间，在朝鲜时与竹添往还，竹添置酒，尝令女治糕饵饷客，即嘉纳夫人也。岁月骎骎已二十年，彼时，余方三十。马山、水原行军之旌旗，南坛、汉城驻

29,闰5,6

节之幕府，闭目凝想，犹若见之。而国势反复，殆如麻姑三见东海为桑田矣，可胜慨哉！嘉纳以专究教育有名，询余东来调查宗旨，余告之曰："学校形式不请观大者，请观小者，教科书不请观新者，请观旧者；学风不请询都城者，请询市町村者；经验不请询已完全时者，请询未完全时者；经济不请询政府及地方官优给补助者，请询地方人民拮据自立者。"嘉纳许余北海道回时详说。

调查宗旨

七日　早八时启行，至上野附二等汽车往青森。途中所见农业，颇有不良者，桑率荆种，间有为地桑之鲁种，叶亦小而薄，麦则穗短而色黯，在田者犹多。询之给仕，云七月半后乃可刈尽，此时亟于莳稻，无暇也。此已不及中国矣。近青森之福冈奥羽间，小麦尚未尽黄，以是知气候之殊。夜甚凉，车无食堂，寝台，沿途买饼饵充腹，凡一小台之茶值三十五钱，一鸡卵值相等。过仙台，并鸡卵亦无购处。时时经其铁道，雪覆，盖铁道滨海，丛杂山间，九月以后天即雨雪，架木若隧，以防回风聚雪之没轨也。

农业颇有不良者

八日　八时至青森，寓中岛旅馆。馆距铁道不甚远，有楼望远，风景略似烟台。风雨交作，午饭后，冒雨附肥后丸，十一时开行，过津轻海峡，船颇颠簸。峡在青森、函馆之间，纬度与奉天省及朝鲜之图门江相直，日本海水过此而东入太平洋，船横过之，故易震荡。五时，至函馆，地当朝鲜咸镜道北，为日本商埠之一。华商十馀家，凡数十人；欧商二三家十馀人耳。仍雨，晤潘荻洲及其子

过津轻海峡

小洲。潘与甬人张安澜尊三并为华商董事，华商专贩海菜、鱼贝之属，运往上海，岁直百万，运来之物甚少。间有闽商货绸缎者，其运道则经出对马岛折趋西南，四日半达上海。华商初来，附于英商赁地建屋，皆英是赖，故至今仍之（此在未改法律以前，故有英商租地，若改法以后，凡外国人居留地止租不买，有买者必以日本人出名）。无华领事，问之荻洲，言东京人云：华公使馆近有函领事标目矣，而未见人到。各华商俨恪小心，敦信守义，立于无过之地以保其财产，亦不复倚望领事。日本自改法，通国听外人居留，待华商与欧美无异，各商在此犹得与欧美人权势平均，若回华甚涩缩矣。闻之心动。寓胜田弥吉旅馆，馆后山名卧牛，函馆港内最大之山也。

函馆华商附于英商

初九日　至官立商业学校、私立寻常小学校察视。商业学校长神山和雄，校有中语、英语、德语、法语、俄语，其陈列所甚简。四时，荻洲与诸商置酒五岛轩招饮，询海物运华水脚，岁十五万，因劝合力创汽船自运。各商逡巡逊谢，言先恐华官不许，即许亦不保护。日本邮船会社开创至今，国家补助未绝也。嗟乎！畏虎者谈虎而色变，孰使吾海外辛苦之民变色至如此？又念余遵朝旨，兴扬通内河小轮，犹有阻抑者，彼商人之寒心何怪焉？附萨摩丸，十时行。出港后，斜月出云，罅光射波面，风浪平静，列岛远近风景殊佳。

华商置酒招饮

汽船自运华商畏惧

初十日　四时至室兰，憩大宇海岸姥子旅馆。其商标㊀，朝鲜人李斗璜题曰“圆一楼”，臆造也。附汽车七时

29,闰5,10

行，二时至札幌，濒海皆砂碛地，颇劣，入内山，平原豁然，极望无际，土尽黄壤，形势远在东、西京之上。德川氏知之而不能垦，宜其覆矣。现有之民不过百万，不足垦此土，更得三百万人，二十年庶几无旷土欤。有山东日照农人许士泰，以光绪元年在烟台为日本开拓使黑田清隆招来，同来者十人，月俸二十元，其九人无行被斥回华，许以勤力独见信任，居石狩国札幌郡丘珠村三十六番地，娶妻生二子三女，有田当华亩八十馀顷。复用福建福清县人施新康、杨可生、郑孔镛、杨世祺四人为佣。四人者，经商折阅，流落海外，故许得收之。北海道之初开拓也，募人认垦，听其自占亩数，及垦熟年限，岁时官督察之。至限，如其所占有成绩者，即以自认之亩数全予之，不征其缴价也。许以是得多领田而又能自力，迭经三条实美及北海道长官，以其应募艰辛励精农业十余年如一日，奏达天皇，明治三十五年由兴农产会会长、总裁，先后赏银杯及白桃绶名誉章，以旌异之。状朴拙，口呐呐，操日本语而山东音，自言山东语不尽能记忆，来时家有父母，有兄弟五人，近十五年不通音问矣。世不必读书、治政治家言，方为人才，凡能平地赤立而发名成业者，真人才也。莫为之前，虽美弗彰。彼黑田清隆所招之十人中，有一许士泰。夫置一许士泰于烟台苦工之间，何异恒河沙数中之一沙？有人焉，簸之扬之，而许士泰见矣。今中国人中若许士泰者何限？十百千万倍于许士泰者，亦何限？其视政府，若九天九渊之隔绝，当其一詈而一嘲，十百千万倍于

至札幌

山东日照人许士泰

许士泰者也！抑闻闽粤之人，佣工经商于南洋诸岛间者，以数十百万计，问闽粤有司有可稽之籍否？一许士泰又宁足论其幸不幸哉！札幌街衢广率七八丈，纵横相当，官廨学校宏敞整洁，工场林立，廛市齐一，想见开拓人二十年之心力。有诗《一人》："一人有一心，一家有一主。东家暴富贵，西家旧门户。东家负债广田园，西家倾家永歌舞。一家嗃嗃一嘻嘻，一龙而鱼一鼠虎。空中但见白日俄，海水掀天作风雨。"

十一日　晴。农学校长佐藤昌介过访，招同锦州开垦公司孙慎钦德全饮于丰平馆。坐中因见农学校教授南鹰次郎，佐藤为言：北海道未垦地尚十分之九，今岁计鱼业、农业、林业、矿业所产值四千万元，国家定令，垦熟之地，逾二十年征税，今止征郡町村税，郡每一反步征二钱五厘，町村每一反步征五钱至七钱，此郡税町村税全供地方警察、学校、卫生之用，国家不利之也。以日本一反步计华地一亩八分，郡所征当华钱二十五文，町村所征当华钱五十至七十文，亦殊不重。合我二十二行省计之，如北海道者何止百倍？人民之可募而移者何止千倍？使尽如此经营，于富强乎何有？抉其病根，则有权位而昏惰者当之矣。孙德全之于锦州也，其地盖上驷院之牧场，费三十万金，始得领垦。犹记甲午年端门外大驾卤簿之马，柴瘠而黯淡，固上驷院之豢养也。然则虚此牧场，又不知几何年？晚，仿佐藤及南君。

国弱病根昏惰者当权

十二日　晴，南君导诣北海道厅事务长大塚贡，又晤

29,闰5,12

其土木料长武井吉贞，旋同至新建之农学校及农园试验场。新校楼上、下六十间，近校之左一区为理化学教室，其右一区为动植物学教室。又外左一区为农科经济学教室，其右一区为农学行政教室，皆左右对向。果园牧场农具、牧具一切维备，农具、牛种、果品用美洲者多，黄牛有大于华产小种一倍者，乳房尤宽，闻有百头。杂黄白色者每头值一二百元，黑白色者每头值四百元。南君随事指说，略无倦色，可敬也！午后，大塚事务长遣人以马车导观制麻株式会社工场，工场长为谷山一介。凡纺锤六千五百（日人谓锤犹华人谓锭），引擎马力五百，日用煤十七吨，男女工千馀。工资男子之上者日一元五十钱，下二十六钱，女之上者四十钱，下十八钱。日用麻八千磅，大麻千，亚麻七千，织精粗帆布三千尺。布价精者尺二元五十钱，粗者七分。子供榨油，梳馀之系供涂墙。帆布供全国海陆军及商船用，资本八十万元。次观重谷木柭工场，其技术长荻原直四郎导观，解截机械皆欧制，木长短厚薄务中工用有定度，亦改良式也。场傍铁道，运输至便，引擎二具，每具马力一百，汽炉用积屑残片木之梢皮，或剥或截，皆以供烧，以此省煤，亦一法也。其铁道枕木专由欧商贩运我之山东、直隶，以交铁道司工之欧人，虽日人不能直接，欧人为欧如此。松板有红、白二种，白者良，华人喜红，商贩常涂丹以市云。

北海道农学校

制麻株式会社

重谷木柭工场

十三日　早，往真驹内观种育场。场自明治十年仿美国法建，凡地五千七百六十八万五千四百九十二坪，南面

观种育场

三方皆山而不甚高，林木森森，引泉为渠，广仅五尺，贯泻其中，柴落井然，望之如画。牧草种类最繁，盛马最良，皆美产。牛亦良，按图知之。豕羊皆小种无多，鸡十二羽耳。豕舍秽恶，最不如法。观刈牧草，刈具亦美制。有交尾场，其法规：凡农民以牝来引种者，计头纳赁金。有制乳场，专取生乳，不作罐诘。其校长近方游美求良种，一牛一马之佳者，值二千，至贱亦五百元。日人食料不重羊豕，华产羊豕，以江浙之山羊、栏豕味尤隽，美欧人论畜牧者称之，此亦食性中之公理，而日人不取也。故言变法不可不先审习惯。自札幌至真驹内道路极崎岖，回时出种畜场不远，所乘马车倾折，辐尽脱落，乃与伯斧步行至平岸，观公立单级小学校。校舍止七间，前三间较小，中为门，左为特别裁缝教室，右为校长事务室，与后中一间相当紧接，即雨中体操场也。左右各一间皆教室，各容四十二人，最多可五十人。左室教一二四学年生，右室教三学年生。校长兼训导柴田菊藏月俸十八元，教一二四年生。其教三年生及裁缝者，为准教员女子上原氏（名为和音工宀），月俸六元，毕高等小学后，曾入北星中学校一年，年十六岁。客至时奉茶入，意为学生，又疑与寻常小学不类，不知即教员也。课程有文部颁行之令，教科有地方自编之书（地理历史皆就札幌言之），报告有式，稽查有法，町村有税，补助有官，其教育之广被，宜矣！六时，与孙、蒋合置酒丰平馆，答佐藤校长、南教授。夜九时，北海泰晤士新闻社记者辻筹夫来谈。方在种

日人食料不重羊豕

公立单级小学校

北海泰晤士新闻社记者来访

29,闰5,13

畜场事务室时见此人，盖欲知余调查实业教育之议论，故尾随而至，及中途车坏，辻君来下车，同步行四五里许，亦有心人也。问我国士大夫近日满洲事处置宗旨，余言：无处置之权力，不愿张处置之空谈。二十年来，稍留心于实业、教育，近方稍有着手处，是以来游，求增长其知识。东士大夫有能以维新时实业、教育经验之艰难委曲见教者，愿拜其赐，他不遑及也。辻君首肯。

十四日　佐藤六郎仍以大塚事务长命来陪，至茨户观前田牧牛场。前田名利，为年仅十八，袭侯爵，比方从学于东京师范学校，故加贺藩菅原之后也，自其父始易姓前田。垦牧之地在茨户者一百万坪，在轻川者三百万坪，本堀基氏业，堀基卖于别一前田，再转始为今前田业。牛多美产，专以传种、丰乳为主业，饲畜极良。农学校一黑白毛色而壮者，即场产，问其值，与南教授同，南君不妄言也。牡牛生三岁后，一年可交牝牛四十，十年而止。牝牛生三岁后，可岁生一子，亦十年而止。牧场去事务室约三里，在山之坡，牛舍视牛为大小，流溺之沟在后窗下，距不逾尺。若真驹内种畜场，距几三尺，易陷牛足，不如此良也。缘山麓为草库，下层在土中，上层出地，平面木板，四周方约丈馀，上有气窗，下有一户似窑，云为冬初储青草之用。储草必实，仍压以石，则草色不变，而味略变酸，成叶绿素，饷料最宜。其事务长竹内静胜留饷午餐，食品中有沼养鲫鱼，东来所仅见，惜烹法未精耳。比在函馆闻潘荻洲言，数十年前，驹岳火山崩塌，灰石下壅

前田牧牛场

牛与南教授同值

成堤，其内洼下处众水汇注，积成大、小二沼，北海道自此始有沼，其内产鲫鱼、莼菜，绝似华之江浙间，不知竹内饷客之鲫何自来也？饭后，竹内导观石狩川。其处距海当华之十八里，宽三四十丈，入内渐窄，源数百里。有汽船行驶，北海道之大川也。华地似此川者，指不胜屈，即通州纱厂前之河，溯流而上至清江浦，亦几千里。数大川者尚不及之，无怪视扬子江流域者目为陆海。惟有之而不自殖，殊不可解耳。道经一寻常小学校，问之亦单级，下车观焉。值教体操，一教员立而传令，走而指挥，见客令诸童行敬礼，时已十一时，课毕矣。竹内为致参观授业之意，教员令诸童复上堂。堂之外一小厦为门，左为应接室，右为庖所，无雨中体操场，凡修身、读方、历史、地理、算术四班，参错并授。日人谓班为组，甲组即第四学年，乙组即第三学年，丙组丁组第二第一学年也。授时甲、乙为一组，丙、丁为一组，如授甲乙组算术时，授丙丁历史，唯同组之中仍分深浅为二，以别之。授竟，又示诸生缀方、习字，其教员石附喜三太亦兼校长，供客之茶，教员自取之，寻常小学校例无小使也。其町村学务员亦来，凡茨户町村寻常小学校四、高等小学校一，每一町村有一学务员。所观之小学校，岁费三百元，村农子弟有半年耕半年学者，皆无授业料，其费取给于町村税。历观各单级小学费无俭于此者，宜其规模益不逮平岸矣。归途经创成河侧，见欧法之木闸，闸垛两旁植大木为垛，闸为大门，二扇门之下有小门二，有旋螺柱以升降其小门，有

寻常小学校

日人谓班为组

小学校岁费三百元

见欧法之木闸

29,闰5,14

二大横木以启闭其大门。往闻钱琴斋言之，不能昭晰，罗叔蕴东游时属其访查而不得，今于无意卟遇之，可喜也！属佐藤六郎代作模型。复经东皋园看芍药菖蒲，园占地约华之四亩，纡曲其径，分区莳花，小石为界，缘以短草，果林、藤架参错其间，花烂漫五色，着雨弥艳。主人上岛正一，老翁也。学士岩谷侯题榜，颇称许之。冒雨至旅馆，南教授复导观农学校博物馆，司馆事者村田庄次郎，馆皆北海道物。有大熊二：一曾搏啮五马于一夕，一曾杀三人，毛色黑长过人而无尾。鹏有五种，首微异耳。楼上列虾夷庐舍、器具、服物、丧葬、兵甲之式。南教授言，虾夷形状及食生鱼、衣鸟羽兽皮之俗，与桦太岛人相似，然则黑龙江土人鱼皮鞑靼之所移，或其种所参杂乎？不能详矣。次观其植物园，左草本，右木本，皆以欧美人植物分科法区之，因雨，草草即返。有札幌诗一首《札幌》："四远山围札幌皋，荒荒草木万重毛。轩眉未觉东邻富，举首还看北斗高（通州海门当纬度三十二，札幌当纬度四十三）。郭太树颠终惧及，管宁庐在未容逃。生平倒海倾河意，说向中原换结髦。" 虾夷人之习俗

十五日　七时行，南教授与长屋农会长至驿舍送别，佐藤仍以大塚命偕乘汽车至小樽，憩越中旅馆。饭后驾舢板观筑港，较其工程，止大阪十分之二，然已经营六年，塞门忒土由函馆炼成运来，而杂以就地之砂石成人造石，至大之块重二十四吨，轻者十四吨，升降运送皆以汽机之车若辘轳，堤外脚碎石宽二十丈，内脚十丈，皆标竹为

界。群舟载石下寘，水夫着泅水橡皮衣、铜帽入水，位石块而层累之，大阪所未见也。工程师某赠防波堤设计图，其比例六千分之一。次观水产试验场，场止一小池，屋七八间，有温室孵化鲑鱼子，视池中之鲑，即华人所谓青穿也。鲑以小樽岩内产为最王云。午后六时，送佐藤至车驿，十一时附汽船行。

十六日　晴，天明至岩内港，正对西北山上有雪未化。午刻，至寿都。晚，至奥尻。半夜又行，风大舟颇颠簸，滨海山颠往往见雪。

滨海山巅往往见雪

十七日　雨。早至江差，舟人谓海极深处舟尤震荡。午后晴，四时至函馆，仍寓胜田旅馆。访潘荻洲，偕诣华商之去时会饯者，晤张安澜。商议会长内野高吉、书记长法学士秋保辰三郎仍来访，欲为开恳亲会，以行遽谢之。晚饭后，荻洲父子及安澜来送，登舟。十时出口，月明风静，波涛不兴，过津轻峡，安睡如常，与早间之苦天渊矣。

过轻津峡安睡如常

青森中岛旅馆

十八日　四时至青森，仍寓中岛旅馆，栉浴俱适。其第十番之房面临大海，庭有小沼蓄红鱼大小数十，纤草浓花，短枫垂柳覆被其上，甚怡心目，惜行遽，不暇一二日住也。留题一诗《题青森中岛旅馆》："青森旅馆推中岛，最好房栊十五番。墙外群峰随海现，庭阴一沼覆花繁。喜随客燕寻窠至，愁听饥乌索食喧。墨沈匆匆泥壁上，他年留证再来痕。"午后十一时，登汽车行。日本汽车皆三等式，广处不足，断不能如其定额以容客。是日一车多至十

日本汽车广处不足

29,闰5,19

六人，殊拥挤，遂坐而假寐以达旦。

十九日　十时至东京新桥，仍寓清静轩，与实甫及徐、金二生大阪讯，佐藤昌介、南鹰次郎、佐藤六郎札幌讯。晚，偕伯斧诣汪伯唐。 至东京新桥

二十日　惕斋同往访长冈子爵、岸田吟香、永阪周二三君，皆喜接待华人。长冈、永阪并喜为诗，长冈有自著《海云楼诗集》，永阪有所辑《嘉道六家诗集》、《同人唱和坛栾集》。访聚卿。

二十一日　午后四时，伯斧、壬甫同至本乡馆晚饭。偕聚卿、拔可诣嘉纳治五郎，因晤竹添进一郎君。竹添亦名光鸿，字渐卿，相见甚欢，出示所藏宋明本书，其最旧者为唐人卷子本《杨雄传》后半卷，未暇尽观也。与谈教育亦以斟酌习惯、合于程度为难。 晤竹添光鸿

二十二日　十时赴嘉纳约，观其高等师范学校。校兼有手工教室，专教金工、木工、陶工、漆工，为发明实业，有与人之规矩，不徒恃口舌之空理也。其直接之系属，则寻常师范学校及中学校，其附属则寻常高等小学校及单级小学校，为师范生练习教授管理之地。脉络贯通，义类周匝，可谓有本末表里者矣。师范者，兴学之本。我国民而有幸福也，戊戌后宜有官立师范学校，否则庚子后必有之，何至使我二十二省之人，上者有七圣迷方之叹，下者有群盲揣日之哗。略观其明治五年至十二年文部省审定之教科书五、六种，理化学用欧书，修身杂引我六经诸子语，历史亦用明人所编之《十七史略》，地理闻 高等师范兼有手工 师范者兴学之本

日本农学初兴用中国书

有撷用《瀛环志略》者，未见其书。又闻惕斋言：方其农学初兴，购用《农政全书》甚多。特今日言农学者，喜张欧美耳。国势弱则前古人与后来人并受其累，亦至言也。

二十三日　观高等工业学校，时已休假。校长手岛精一，明治初治工学，留学法国四年，归国后时时往欧美考察，练习一二年即返，充工学校长二十馀年。明年美国博览会，日廷复遣之往。惜时促不能从容咨访，不能罄吾心之所欲问也。订明日观织工徒弟及实业补习学校。徒弟学校习手工，专为寻常小学校卒业者而设，听人自愿各占一科，每周讲习时与实修时相半，三年毕业，全国凡十五六处，东京有二。其实业补习即假此校，盖为工人之欲明学理者设。午前课徒弟，午后课补习。昔年言工业者务趋高等，近乃知手工之有益而专谈学理之鲜济，故改而注意于此。日人素以工业著名，其论工学言如此，则今日之相校殊绝者，可寤。已得三兄讯，知吕四盐垣事成。有《日本伊藤博文代桂太郎复入内阁诗》："鸟兽亦有群，朋党性情事。与盗掩耳钟，宁各表其帜。日风故任侠，党多自明治。道同旅进退，明白不曾秘。朅来舆论哤，纷纭在国计。增税与募债，并策强邻备。忽传伊藤相，号外（日人谓特别新闻卖者摇铃唤号外）播邮置。民附国益险，正须洽抚字。郑侨昔为政，本心主恭惠。毋使观乐宾，旁虑不堪细。"

织工徒弟及实业补习学校

二十四日　寄三兄及上海讯。诣惕斋商考制盐事。伯

29,闰5,24

斧独往观职工徒弟学校。徒弟学校以木工科、金工科为二大类，以修身为总纲，以读书、算术、几何、工业、理科为总目。木工以大工指物挽物，金工以板金工、铸造、锻冶、仕上为分别。实修课以制作材料、应用图画为公共主要课。学期则预备一年，实修二年，共三年。授业料月三十钱。午后，赴嘉纳园游会之约，至小石川区理科大学附属之植物园。园包小山，兼有曲沿，会客处广轩七间，面山临沼，乔木隔水，含风翳景，短卉丛蒲，映拂左右，盖园之一隅。嘉纳以我士大夫之考教育者多，不能人人而详语之，故为此会，博延其教育家于一堂，任客相通，各为问答，实则两国之人言语不通，彼此之怀断不能尽于俄顷也。伯唐招余与伯斧就枢密顾问官田中不二麿访问创兴教育之事，其所言：教育为亓亿万人普通之识，非为储三数人非常之才。又言：国之强不在兵而在教育。皆言教育者不易之大纲，习闻之标识。惟所言明治初，遣往欧洲学实业者五百人，归皆任以所曾习，今之秉国钧负时望者，皆当日留学生，此宜为我政府所平心而听者也。田中当日为文部大辅，亲至美洲调查教育，中至欧洲，值德法战后，备闻卑斯麦辈之言，故言之成理，其所以能大著成效者，则明白此事之人，即举办此事之人也。

赴嘉纳园游会之约

田中不二麿谈教育

二十五日　启行。伯斧先往大阪，余邀惕斋至铃川下车，复乘铁道马车至吉源，寓鲷屋旅馆。饭后，同行十四里至大久保村，看凿井。其机械购自美国，机关手臼井辰

大久保村看凿井

之助，静冈县贺茂郡竹麻村字手石人①，助手长谷川茂雄，福岛县岩城郡草野村字泉崎人②。井地在山麓，石见地面，上口铁管，对径六寸，有径八寸者未用，其下皆石，故接管不深，凿成二十丈。询之臼井，方至七八丈时，即有泉涌出，而不王，故益深凿。石坚，则日止尺许。若泥沙，日可十余丈至二二十丈，碎石子可数丈。一分时凿锥起落可二十五六回，日用煤四石云。臼井月俸二十五元，长谷川月俸二十元。取其凿出之石砂层十种，以备参考。去时步行山路被雨冲坏，崎岖特甚，回乃雇村马乘之。有诗《大久保村道中》："径石都龉履，林风屡洒襟。乏馀知惜马，译苦爱听禽。殊域宁辞僻，斜阳易起阴。富山如谢客，障隔万重深。"睡后为蚊虻所苦，中夜屡觉。

至大阪

二十六日　早六时附汽车，午后十时至大阪川口三江公所。得叔韫讯。

二十七日　晨，四川合州张式卿森楷来谈。式卿创蚕桑公社时，中小学校数年尚未著效，其所称艰苦繁难之状，大纲与余同，其细目尚不逮余十之六七。我国吏民知识乃如一胎而生，可怪也。饭后，与伯斧诣西村、小山二君。西村言：折井夫人已分娩，可就保姆之聘。内藤君荐和田喜八郎为通州师范教习，和田与内藤皆秋田县人，曾

西村、小山荐日人应聘

① "字手石人"疑为"人，字手石"之误。

② "字泉崎人"疑为"人，字泉崎"之误。

卒高等师范学业，为其本县学校教授云。就小山考冈山县儿岛郡味野村制盐事。

二十八日　五更大雨，与伯斧、实甫同至博览会水产馆，专考盐产。其有模型可见者，一兵库县姬路市大野町，一香川县木田郡泻元村，一爱媛县越智郡令治町，一广岛县松永町津田沼，一冈山县浅口郡玉岛町，独味野村有盐品而无模型。欲尽观之以广参考，然香川、爱媛在四国岛，恐行促不能去矣。其化分华盐与英德诸国同列一表，颇明晰，惟不知于我江浙、闽粤、燕齐何指，抑平均计也（表载支那盐化曹达七七八九三，加里二五七九，苦土二二七五、石灰不详。硫酸石灰一二五五，苦土四七三五、加里不详。不溶解分〇二四三，水分一一五三一盐化曹达万分，除水分外，夹杂物一四二三〇）。复观农工器，农具中拟购大犁、中犁、小犁及耙土、播种、割麦、脱粒、薙草、翻草器各一具，工具中拟购织布、缫丝、织绸、织席、绹绳、吸水、精米、造烛器各一具。 博览会水产馆考盐产

二十九日　五更大雨。为方孝远寄札幌佐藤昌介及函馆潘延初绍介讯。复至博览会，考察农工应用之器具，并购幼稚园恩物（专卖恩物，在大阪市东区岛町二丁目九十三番中川藤八店，其执事为藤井佐龟稚）。属金、徐二生移寓大阪梅田驿下三番朝妻楼。实甫处地窄人稠，暑天尤不便也。

六月

一日　九时，小池来，与伯斧诣内藤话别。内藤赠我 内藤赠书

《道咸间夷匪犯境闻见录》，此录不知何人所辑，载道光朝夷祸事甚详。日本以安政丁巳再版，已四十七年矣。由今回溯，当时之朝野上下隔于外情，今稍有知识人皆能哂之，不能审敌者其不能克敌，固宜。日本得此录，悬为殷鉴，遇事参校，遂获大益。语曰："前事不忘，后事之师。"愿为我政府诵之。诣西村，则已至驿相送，临别甚殷殷。十一时抵神户，在东源小憩，以行箧属弘济丸，令孔驯先附之行。午后二时，惕斋、伯斧同附汽车至姬路驿堀田旅馆，复至五良右卫门町，访改良盐釜人井上总兵卫及大野町铸釜人尾上久三郎。釜凡六号，四号最适于用。一号釜按曲尺广七尺一寸、长一丈一尺五寸、深三寸，用卤六百二十五斤，成盐二百五十斤；四号广八尺、长一丈二尺、深三寸六分，用卤七百五十斤，成盐三百斤；六号广九尺五寸、长一丈三尺、深四寸，用卤一千斤，成盐四百斤。釜坐均高一尺二寸，凡煎二小时成一釜，一昼夜十釜，用三池石炭一千六百斤。三池产石炭之良者，甚劣者须二千斤。四号二人一班，昼夜更替。六号则三人为一班。每人工食每日四十四钱，上盐一斗计十八斤十二两，值十八钱，次十六，又次十五。台湾盐再制与内地盐上等比重。台盐咸味九十六，内盐咸味九十二。其再制之法，凡盐百斤加卤一百八十斤，淀去渣滓，成上盐一百三十斤，煎成之度合华氏表二百十度、摄氏表一百度。

访改良盐釜人

初二日　早五时登车，十时至仓敷，易乘人力车，三十里至味野村，或云二十四里。中经二村，曰藤户，曰福

29,6,2

至味野村观盐田

冈，皆有小学校。访野崎武吉郎，因观其盐田。田夹琴浦之两岸，石甃为塘，置闸引潮，周田四旁渍卤于砂，因淋于井。由井通笕，以入于池，池与灶隔一垣，距仅五六尺。凡盐田十坪，其井卤可得十四石五斗，一昼夜可煎九次。税则：凡盐田一町三十五元，国税、县税、地方税胥赅如此数。塘角亦有测候所。野崎有釜百，盖商之雄者，故为贵族院议员。临行，坚留至其迨暇堂别业小饮，索书。归途大雨，仍附汽车至松永町，宿松鹤楼旅馆。夜分十一时已。有《松永道中有感日本山水诗》："山水孕自造物雄，蜻洲见者疑人工。岩雕谷漱出风雨，海色八面磨青铜。有时映带别远近，有时独秀洪涛中。有时危缀树一粒，有时密密枞杉笼。乃至梯田与柴落，溪桥神社无名泷。一一摹写有陈本，界画钩勒殊不同。我来未暇事幽讨，遍寻胜地支吟筇。但从舟车目所到，欣赏已足酬尘雺。神州大地廿二省，各有山水名其封。经营位置尽如此，图册宁许更仆穷。故知侏儒表一节，景物端与政事通。山经地志祖禹贡，当年疏奠谁之功？推书扑笔仰天叹，冥想着我陶轮中。"

盐业调查所观盐田及美国制盐法

初三日　至盐业调查所晤技师林庸介，导观盐田及美国制盐法。美法用磅浦一匹八马力，一昼夜用石炭一万斤，内外锅炉二，容卤一昼夜二千五百石至三千石，成盐一百石。磅浦间、汽炉间昼夜各一人，漉盐、挑盐小工昼夜四班，每班二人，工资四十钱。其卤槽容一百石，卤池容三千石，一石重五千二百两。凡清水、雨水四十八贯，

磅浦即泵

日本盐法 咸水五十贯至五十二贯。日本盐法：百分中各分及夹杂物七至十四，盐田水一石，内有盐三斗五升或三斗二十度浓汁。其全机及厂屋须四五万圆。复询美法盐价，则日本法盐一贯目值约四钱，美法盐一贯目值约二钱云。别有大木盘十，以三盘置泥砂、石砂、石炭细屑，试验含卤多寡，石灰屑最良，次泥砂，又次石砂，其七盘则验卤水之浓淡。盘有坐、有盖，有轨道，晴雨可移。第一盘晒一日，移第二盘，以次至七盘，咸度益浓，便可用。香川县所谓无盐田者，意即此法。亦有仪器测候风雨燥湿。复至堀田信男制造机械会社，观新发明之重底釜，盖因美法而简之，与井上法不同，皆良于旧法，值五百馀元。然则子、母兼权，井山、堀田二法皆可试用，美法与我时尚未宜。

至马关 十二时附汽车至尾道，午后二时易车，十时至马关，汽船接渡，十五分至门司登车。

抵长崎 初四日 早八时，抵长崎。惕斋同至新地二十番华商三余号小憩，主人沈明九，鄞人也，为设早餐。旋登弘济丸。初六日抵沪，往还恰七十日，于调查实业、教育间，

实业教育尚有未详 尚有未暇详者：日本医学发达最先，非独其士大夫所自负，德法各国闻亦许之。余以兹事繁重，非绵力所能办，故绝未注意，无从赞一辞。就所知者评其次第，则教育第一，工第二，兵第三，农第四，商最下。此皆合政、学、业程度言之。政者，君相之事；学者，士大夫之事；业者，农工商之事。政虚而业实，政因而业果，学兼虚实为用，而通因果为权。士大夫生于民间，而不远于君相，然

29,6,4

则消息其间，非士大夫之责而谁责哉？孔子言：以不教民战，是谓弃之。夫不教之民，宁止不可用为兵而已，为农、为工、为商殆无一可者，然则图存救亡，舍教育无由；而非广兴实业，何所取资以为挹注？是尤士大夫所当竞竞者矣！编《纪行》二十五首： 纪行诗

海上神山不渺茫，麻姑亲自见沧桑。船过弱水频前望，五岛林间麦正黄。

朱明隆武纪唐王，绝域求援事可伤。破觖金瓯谁絜汝，更堪乞佛拜东方。（长崎东明寺佛殿有明隆武元年大师招讨使黄斌卿题榜）

长崎群岛碧巉巉，最好中穹角力岩。断霭流云封不住，夕阳透影上渔帆。

平户村灯列万星，碧波中有战场磷。后人未可轻蒙古，印度曾穷拿破仑。

是谁亟续贵和篇，遗恨长留乙未年。第一游人须记取，春帆楼上马关前。（乙未定和约在马关春帆楼旅馆）

纪功炮弹卓碑题，岁月征清字可稽。底事不随风雨去，化为圆屋遍巴黎。

爱国先教稚子歌，画沙亦解认山河。生憎卅载中朝使，浪赞挥金铁甲多。

疏凿琵琶自北垣，农工赖泽万人喧。当时谣诼知何限，石剥泉飞更不言。

百年善政俗方纯，速化难期哲学神。廛市檐宗大黑守，町村社响稻荷神。（大黑守犹华俗财神，有大槌大黑

得鲤大黑等十馀名称，稻荷神即狐。）

始慕孙吴后李唐，中于赵宋亦回翔。只今事事摹欧美，摹到翘髭两角张。

昨日麦黄今日青，菜花浓处稻齐针。农时五月兼三月，天气南阴接北阴。

烟囱随处见工场，雪覆寒天轨道藏。解识卫文兴国意，未容灵雨止零桑。

吕东海气曾山峙，越后山光忽海铺。未必嘘寒能变燠，已知看碧亦成朱。

卧牛釜谷（卧牛函馆市大山釜谷其内口岬也）旋蠡口，平馆翁山建蟹螯。若论兵家犄角势，真宜陆奥著军艘。

津轻东接太平洋，中带江流豆满长。不惜西风催去紧，晓星睒睒有光芒。

伐木通山日抚夷，国人渐北土人稀。黛唇黑齿休相笑，乌鹊于今有是非。（虾夷女子既嫁，则以针刺唇四周，略似菱角而黛涂之，日本女子嫁则染黑其齿。）

松阴藤角一茅宇，万药千蒲相向开。野老应无锦步障，都疑石卫尉家来。

日本海中风色愁，鲸涛日夜上眉头。谁捐库页珍千岛，同抱珠岩万古羞。

山迎西北雪余颠，冬不来航夏不田。岩内年来渔业富，家家都有鲱鱼船。

晓来恶浪过江差，夜出津轻月似磨。眼底平陂真一

29,6,4

瞬，行人不敢畏风波。

布帆如雪水如蓝，树里人家水气含。倘得年年鱼稻美，滨名湖住胜江南。

亦觉陂陀喘汗劳，回看众壑已蓬蒿。如何路转峰逾邃，尚有云中富士高。

手枕灵松但见图，一鳞一爪有云扶。海州千载苍龙创，成败凭谁论智愚。（海州云台山龙松盖千年物，野人以为神而祀之蒸香，树腹遂焚死。）

百釜熬波积暑霜，漉沙成卤石成塘。淮南马鲍今何在，尽有豪情迨暇堂。（味野村咸商，野崎武吉郎爱客好文，有迨暇堂，其广百席。）

郑四曾谈有马郡，旁人复侈日光山。何当一策飞云鞚，十日松篁水石间。

张謇癸卯东游日记

人名索引

七画

八画

十一画

十二画

十三画

十四画

十五画

十八画

凌文渊篇盦东游日记□

光绪二十九年

三月二十一日	自上海东渡日本
三月二十五日	抵神户，赴大阪
三月二十六日起	参观大阪博览会
四月二十五日起	前往静冈考察工业
五月一日	返回大阪参观各学校
六月二十七日	返抵上海

□ 据光绪三十年（1904）南洋官报总局本整理

□ 张晶萍　校点

陶森申序

日本据东海数岛，变法甫三十年，雄长海上。其君若相，发愤淬厉，经营富强，骎骎乎颉颃欧美各强国。我国家羡其政治蒲卢，各直省封疆大吏，遴员东渡，或阅水陆军大操，或考察学校。独癸卯春夏间，赴大阪第五次劝业博览会者，项背相望，几不可以数计。夫以一国政教之精微，宪法之繁剧，欲责诸担簦蹑蹻之吏，逆旅仓皇，遍览周知，笔之简编，而无遗漏，岂不难哉。泰州凌君植支出所著《东游日记》，见示所载日本近事，上自政法，下及物产，巨细毕举，犁然可观。其尽得诸輶轩之谘度耶？抑平日究心时务，证之以目，而持论愈碻耶？昔真西山修《读书记》曰：此人君为治之门，如有用我者，执此以往。植支抱负未遑多让。鄙人渡东瀛屡矣，往返迫促，未得月氏要领，略有撰述，无异井蛙夏虫，得是编而读之，又不啻洗眼于扶桑云水间也。

其君若相经营富强

东游日记犁然可见

光绪甲辰夏五月，楚南陶森申

王宗炎序

门人凌君植支，从贵池刘葱石先生游日本，四阅月而归，欿然以为未足竟游之趣也。将复远游，而迄未果。顷出所著《东游日记》四万馀言示余，余观其模范山川，雕绘景物，斐然有法。于农牧之学，林樾之利，辟矿之法，学校之制，尤致意焉。盖植支之游，注意在实业，每有得必书，意将使吾国之兴实业者，咸有所取证，若规矩绳墨，陈于左右，以为方员平直，不可胜用也。君子所谓蹠实之学，植支近之矣。顾以为日本所师者欧美，今足迹未尝履太平洋而西，而牵负俗累，蹩躠于乡里间，故引以为憾。余告之曰：子无然，子知为域外之游矣，抑知域内有可游者在乎？亚洲之土，中国为大。昆仑之东，大海之西，其山川物产不可胜纪也。中国之东南，江南为大东海所荡潏，江淮所流衍，其山川物产不可胜纪也。顾未闻有博雅之士，躬历四方，宣其奥而纪其实者。非独贱近而贵

植支之游意在实业

远也，抑亦避难而就易也。山川有图，土田有表，林虞有官，学校有报告，生齿有稽，岁出入有籍。凡外国所章章耳目间者，吾中国或无之，或秘之，故欲知中国者，其难十倍于他国。泰东西之士游吾国者，踵相接，目光之炯，入地数十尺，吾国人顾懵焉不识乡土之情状，拱手以受他人之朘削。呜呼！可悲已。泰西之教生徒也，始于乡土学，自乡及邑，自邑及都。学士大夫，未有不识本国之情状而可称通博者，故今日乡土之学最重亦最难。吾友陈君庆年，尤主张其说，而深叹实践之无人。以吾子之纪日本者观之，庶几能推究乡土学，若陈君之所望者乎！夫临渊羡鱼，不若退而结网。游域外者，是羡邻家之美富者也；游域内者，是自检其仓廪图籍也。安必远之可慕、而近之可遗乎？闻子将有贵池之行，是行虽不远，然亦将溯大江、涉鸠水，而后至。其为地，冈峦胶葛，富梓桼箕筜楮檕之属，宜耕宜蚕，宜制纸，多卝产，子试以游他国之目光，登高而料，量其山川，求诸野老，博问而详纪之，所得必有大异者。他日有兴皖南北之实业者，必将有取乎子，子亦有意乎？植支曰：然，继今愿从事焉。遂书其说以为《东游日记》之叙云。

欲知中国唯倍他国

乡土之学最重最难

光绪三十年秋九月、大兴王宗炎。

29,3,21

篛盦东游日记

光绪二十九年癸卯春，贵池刘观察聚卿师（世珩），以江楚两大府派赴日本考察大阪第五次内国劝业博览会，随行者泾县查敬吾司马（钟泰）、庐江卢小湘明府（国华）、旌德江小楼直判（慕洵）、贵池刘少白上舍（铸材），余亦同往。闽县李拔可司马（宣龚）、休宁汪茀生二尹（树璧），俱先行，余与卢君小湘、刘君少白，以三月一日随聚师自金陵附太古洋行大通轮船往沪。日夕，过圌山关，机轮浅滞，阅三日，得鄂州海轮挽之，东驰抵沪。查君敬吾、江君小楼俱会于沪。驻沪旬馀，日本驻沪领事小田切君赠博览会请帖十分，聚师与同人订二十一日，附日本西京丸汽船东渡。 赴日考察博览会

三月二十一日丙子　晴。午正，赴虹口日本三菱公司码头，登西京丸汽船。申初，鸣金三，展轮出吴淞口，案海线东北行。考西京丸船，汽轮压制限百六十磅，积容吨 乘西京丸自上海东渡日本

舱分三等
票价不一
往来打折

数二千九百四顿四参。舱室分三等：一等舱容五十二人，自上海至神户，船费人各四十二元；二等容二十二人，人各二十六元；三等容百六十五人，人各十元。若至横滨，则一等加十元，二等加七元，三等加二元。购往来票者，减折八成。同人俱坐二等舱室，船后置记里表一，系绳数丈浮于水面，水转则绳转，绳转则表中法条转，每转一次为一秒，应行海里三丈零二寸七分七厘七毫七丝七忽。日人谓一点钟为一小时，一昼夜二十四小时，即八万六千四百秒，应行海里二十六万一千六百丈，是为四百三十六海里也（海里一合中里三里三，中里一合中国尺百八十丈）。舟中悬日本通商各口岸税关条规十则，为游客所宜知，译之如左：

日本通商
口岸税关
条规十则

一、上岸时，随带行李须先入行李查验场候验。

二、所带行李，须于查验场前向查官报明，内装何物，物主何职业，并声明为何事前往。查官有所问，宜从实应答。

三、凡随身行李，有准许免税之物，数目、分量，悉由关吏酌定限制。

四、入口漏税，照应纳税项加三倍罚款，物入官。

五、左列各物概行禁止进口：

甲、凡药料、化学料、制药、饮食各物，有害于人，为法令所禁止者；

乙、有害公众之动植物等，为法令所禁止者；

丙、伪造货币、及伪造货币之模型；

丁、巧匠牌记有犯专利法令者，书籍各物有犯版权者；

戊、鸦片烟；

己、烟叶草；

庚、有害地方风俗之文字、书籍、图画、雕刻物及他物。

六、希图输进禁止物件，或已输进者，照私货价值罚款，物均入官。

七、凡鸦片烟，及不由官署委办、又不经官准之军器枪炮、火药弹子，及其馀暴发物料，私输进者，均照刑律罚办。

八、起岸后七十二点钟以内，各客行李如不搬取，即收寄关栈。

九、各客行李入日本国境后，由此港复到别港者，可于初到之港，向关吏请给票据，为验明之证，以后即可免查。

十、凡系研究学术、或商旅作为货样暂时进口之物，自进口之日起，六个月内再行出口者，须于进口之际，存缴应纳税项均等之物，以为担保，方得免其进口税项。

二十二日丁丑　晴。清晨，过绿水洋，微风，初日离离出于海峤，青冥碧波浑涵摩荡。午后，过五岛，曰福江久贺奈留中通，若松蝉联列海线之北，与海线南男女群岛遥相峙。东行，水色深青，闻此处潮流甚急，幸风平，可远眺。晚膳后，东见长崎伊王岛之电灯，灿如星月，时去

至长崎港 港尚数十海里。是夜，泊长崎港。长崎属日本南海道，肥前国之北高来郡，自沪及是，计海里四百三十七，合中里一千四百五十五里又六分里之一。

二十三日戊寅　阴。黎明起，见港外左列神岛，右列香烧、阴尾、伊王各岛，犬牙相错，望之若不可入。辰初，展轮从神岛右峡入港，停轮港内。日暮，诸山环东南，琴平稻佐诸岳抱其西北，港外各岛狭处，伏设炮台，敌不可见，奇险也。少顷，检疫所医官来船检疫，头、二等客坐舱室外，观色而已，三等必视脉于船外，虽风雨不能避。检毕，两岸小轮船运货载客，往来如蚁，无喧嚣声。拟登岸，为雨阻。未初，展轮从伊王岛左峡出港，案

过平户海峡 对马海峡 海线北，渡过平户海峡。时已夕，转而东过壹岐海峡，壹岐平户港畔，均有电灯，以示航路。由平户直北五十五海里，即对马岛。是夜，闻过玄海，惜不能纵览。

二十四日己卯　阴。辰初，至门司，停轮检疫如前。

过门司、马关 旋入马关，亦曰下关，与门司对峙，险隘尤甚。长崎、门司属南海道之丰前国，下关属山阳道之长门国，东行则内海也。港畔煤积如山，停轮贮煤，至午后毕。展轮东渡周防海四十二海里，过姬岛入燧海。自是以东，重嶂叠岩，延绵不可绝；苍翠欲滴，与客舟相迎距。及夕，见广岛、獭居岛上电灯，高耀矗入云霄，疑为乘槎天上也。

二十五日庚辰　晴。宵正，至神户，神户属畿内之摄津国。停轮后，检疫如前。辰正，束装附小轮登岸，晤李君拔可、汪君茀生于税关。关吏赠来宾票，检查后憩山阳

29,3,25

旅馆。午后，乘汽车赴大阪，过三宫御影，住吉西宫各驿。至梅田，转乘关西铁道之汽车，过樱宫王造桃谷各驿。酉初，至天王寺，登驿寻悲田院町千七百九十六番地（日本国属，道县属国，郡市村町属县，有郡役所市役所村役所町役所，各置役长、助役长，管理行政法，六尺为间，六十间为町。日本尺一尺一寸九分三当中国一尺），入清国江楚出品事务所。有楼小而洁。日本室内铺席，其名曰叠，入者解履，席地而坐，食卧俱在此。华人不惯，故事务所有中国器具焉。观汽车驿栈有售车票所，有出口札所刻识车票防冒伪也；有待合所，汽车未至憩息处也；有荷物取扱所，代运货物，视物轻重收费，行者报明往处，付铜牌以为取物之证，至便且稳。有出入口，往者出，来者入，各从其道，虽千万人不乱。噫！航路辟，铁道开，环球一室耳，关山难越，客路兴悲，惟固闭之国为然。铁道不通，行人困踬，虽欲言工、言商、言兵，其何以济。

至神户登岸，车赴大阪，入住江楚出品事务所

航路辟铁道开环球一室

二十六日辛巳　晴。辰正，博览会事务所赠优待券十分，为观会入门之证。未初，入会纵览。会场设于天王寺南端今宫，占地十万八百馀坪（每坪平方六尺）。正门俯瞰西北，背茶臼山，右抱水津，左挟关西铁道。门以外，举国商铺环列，有神龙喷水器一，喷水如瀑，嘘气成云，与左侧五色浮图，相映对峙。正门门内列馆九，曰教育，曰农业，曰林业，曰机械，曰工业，曰美术，曰通运，曰参考，曰水产。各馆前列花圃三坛，坛左列巨岩，岩上坐

参观大阪博览会会场

会展九馆

观音一尊，持水瓶倒泻之，溅玉跳波，终日不绝。侧立神童三，栩栩然欲活。右耸石塔，高八丈，喷飞泉，内转七色电灯，变化其色，色与水映，远观之，如自天坠下七宝玲珑之瀑布，洵为美观，亦光学所发明也。其馀别馆茶肆，棋布星罗，不可殚述。中有望远塔一，距茶臼山脊，上插云霄，登高一览，见大阪属摄津国之东南隅，街衢阔达，人烟稠密，西际大海，南与河内和泉联壤，东方一带，丘陵坟起，武库、箕面、信贵、生驹、金刚、葛城、藏王诸山，错杂盘踞，相映遐迩。间见汽车连驶，蜿蜒若龙，其铁道联络于全国，可感慕焉。

日本博览会沿革

考日本博览会沿革：明治前尝开大赛会，皆民间所作，不费官帑。维新后，乃为国家经理。明治四年，东京大学校创物产会；八年，澳国开万国博览会，日政府出巨帑，购商品作标本，俾众仿制之；十一年，法国开博览会，日又派员考求，归于各地盛开共进会。厥后，十四年、二十三年、二十八年，叠于东京、西京开会，始名博览，罗陈物品。考较原由，工业既兴，商务以振。本年为第五次开会，政府补助官帑八十四万九千九百七十二元。推其历年比较，如二十八年第四次开会，出品物数，得十六万九千九十六件，今得三十二万五千六百七十三件。二十八年出品人数，得一万六千二百七十四名，今得十五万二千三百六十二名。其工商进步，如是发达。

劝业为名

观博览会名曰劝业，乃知国家鼓舞工商，不遗馀力，无怪其以工商称强亚洲也。

29,3,27

参观各国参考馆

清韩并立

二十七日壬午　晴。未正，观参考馆，占地一千九百八坪。凡赛会规模之广挟，视国中之工艺发达何如。欧美开会，多称万国赛会，罗括全球工艺出品，比较进步，由本国工艺已精也。日本从前开会，所考较者，悉本国物品，各国无赴赛之件，盖未有内国不兴工艺，而可开赛会；工艺不名于地球，而可开万国赛会者。此次日会，规模虽较前为大，犹曰内国劝业，以其工艺尚未能媲美泰西也。然开是馆，许各国陈列物品，以资全国工商研究，进步为从前诸会所未有，则将来万国赛会，此其萌芽已。各国至者，我国外，为英、美、德、法、奥、葡萄牙、土耳其、荷兰、朝鲜等，惟俄不与。馆中位置，英、美、德、法居前，清、韩并立，可伤！观泰西工艺，浩瀚莫能述。第见英、美，则以机械胜，出品精美者，无不从机械出，德、法次之。乃知泰西富强，悉本工艺；工艺精美，悉本机械。欲图富强，宜首留意于此。奥、土则以五金器胜，布、糖、葡萄酒，亦其所长。荷兰无奇特者，韩则各国之殿也。以商辟五洲航路者，英为先，故其工艺内附有航船之模型。以学辟五洲新机者，德为最，故其物品中附有教科之专书。此皆表其大体，而工艺又次之。我国赴会者六省：江、鄂、湘、齐、闽、蜀是也。阅《朝日新闻报》评中国工艺，以江南为佳，其他第有天然产之誉，故泰东西谓中国为原料场云。吁！如许之原料，奈何仅供外人之采择，有提倡制造者，岂非大俊杰耶！

二十八日癸未　雨，午后晴。巳初，观万花园，结构

参观万花园 甚小，点缀有雅趣，松竹四围，内列产花房、热带室各一。竹屋茅亭，参差环列，小桥碧荫，流水数湾。隙地植牡丹数十种，若艺菜圃。是日新雨后，天气薰和，聚师招饮湖月堂，见丹牡艳放，云锦千丛，目为之炫。设喷水器一，作瀑布势，从杜鹃岭倒泻而下，泠泠然如闻山水之清音。观产花房，有仙人掌一种，开花色红八九瓣，分二重，若木笔而较小。其馀奇产，多不知名，园主赠花谱二册，归。

二十九日甲申　大雨。竟日未出。

四月一日乙酉　晴。未初，观农业馆与林业、水产二馆，通合占地二千八百六十三坪。首列于会场，岂不以工无原料，莫能制造，则农、林、水产，宜首重耶？是馆陈列物品凡九部，曰植物、曰动物、曰农业、曰园艺、曰农业方法、曰制造饮食、曰制造农产、曰机器用具，合九部。又分大纲百十数类，每类又分细目，不可详述。各府县陈列所，首列北海道厅，盖有故。纵览日本形势，作蜻蜓折翼状，列大岛五：南曰四国，环绕多水；中曰本西，曰九州；西南曰萨摩，环绕多山；东北曰虾夷。昔之虾夷，即今之北海道也，地多平阳，为日本全境之大陆，农业发达，甲于全国，故首列之。考北海道从前居人多业渔猎，开垦后，乃群事农业，然其发端亦早，南、西部旧产谷菽、蔬菜、稗、芜、青等物，惟米不多。松前藩时，开垦数年，烧焮原野，无肥料以施培植，以致地味瘠薄，复成弃土。自宽政十一年、文化二年、安政二年、六年，日

参观农业、林业、水产馆

北海道厅府县首列

29,4,1

幕府叠次奖励开垦，募民移居其地，授给房屋、农具，官船运赁费用，保护勖励一时，大兴农作，是为北海道农业发达之基础。明治二年，乃置北海道开拓使，集民移居之，董劝优于曩昔，农业又为一新，是年所垦地，较前三倍。十一月，开拓官黑田氏航美国，考察农业，翌年六月，携聘美人农学博士三名、并拓地机械及谷种等归朝，称拓地殖民当法美国。由是，凡农具、种子，俱从美输入，研究农学，亦惟美是效。是年，即设札幌农学校，兴学招民，来者踵起。厥后农会、农学校逐处振兴，而道内各长官执事，悉能励精开拓，三十年不懈，故骎骎乎日臻进步。先是，渡岛、后志、瞻振、日高、石狩、札幌、根室、亟函、十胜、天盐、北见各处，渐次拓殖，未兴稻作，故日本米值，中数每石须日币十三元以上、二十元以下，无怪米产进口，与黄豆、豆饼俱无税也。近又选定十胜、天盐、北见、石狩、瞻振、后志等地，经营水田，或一村共开沟洫，或数村合兴水利土功，不出数年，水田日拓，米产日增矣。

二日丙戌　阴。午膳后，闻日皇后赴会，往观之。乘辇而过，扈车二乘而已，别无仪仗，道左右以绳隔行人，观者充衢，悉脱帽肃立。 日本皇后赴博览会

三日丁亥　大雨。竟日未出。

四日戊子　晴。巳初，复观农业馆。北海道陈列所，悬列开垦图最详，访察开垦始末、方法，未毕，归。 参观农业馆

五日己丑　晴。巳初，仍观北海道陈列所，晤农会会

长某，访得开垦始末、方法，区为四纲，编述大略如左：

一曰开垦。开垦之情状有二：

开垦之法

一曰树林地开垦法。冬期伐木，木下或作薪炭，或作木材，或作铁道枕木。伐木处如近交通、市场，即令贩卖，以充开垦之费；若属僻陬，不便转运，则择地储积，大木备用，其枝条枯木发火烧之，以清径路。凡伐大木，先用斧锯从根株上锯截，节取成材，俟施火后，再用拔根机械拔取其根，根侧寻常草易除，有熊笹一种，根深蒂固，盘据极繁，用锐利钩镰刈倒烧之，耕起其根，再用新垦犁深耕荒土令平。每日十人至二十人，用新垦犁二，可垦五六反半（日本六尺为步，三十步为亩，十亩为反，又曰段）。

日本农业开垦之法

二曰草原地开垦法。施功易于树林地，值天晴干燥时，发火烧草，耕起其根，亦用新垦犁深耕荒土令平。每日四人至八人，用新垦犁二，可垦一反半。垦后先种芸苔（菜也。本草注：此菜易起须，采其苔则分枝必多，故名芸苔。淮人谓之苔芥），以其易生，而新地体质薄削，不宜五谷。翌年地熟，可种荞麦、黍粟、玉蜀黍、马铃薯等物。

农业经营之法有六

一曰经营。经营之法有六：

一曰主作。迩来开拓水田，已现发达之象。而蓝畑（畑系日本所造之字，即中国菜圃也）亦农产所重，农业家尤当经营蓝畑、及凡特有之作物（特有作物详下）。

二曰耕作法。给与农民耕地，分大户、中户、小户三

29,4,5

等。大户一给耕地十六町步，中户一给耕地五町步，小户一给耕地三町五反步。如人口稀少之家，一户给耕地一町四五反步。又设寻常农具二，视耕池多寡给之。一曰西洋犁，耕土之具也；一曰耙耢，整土之具也。凡用犁，每日以马一头驾之，可耕土五反半；用耙耢，每日一人以手使之，可整土十二反半。别有耘耨器，亦常用之。

三曰施肥。开垦后，如得肥沃之地，地力腾达，虽不施肥，三五年间收获必充，十年以内，亦尚不减。迩后则地力减退，宜施磷酸石灰、人造各种肥料。

四曰轮作。树殖作物，宜顺序而进。如亚麻后宜种秋莳，大小麦后宜种芸苔，芸苔后再种他物。无论特有作物、普通作物，均然（普通作物详下）。

五曰自作与小作。集资本者曰自作农，供劳作者曰小作农。北海道新开农业移住者，悉单身农民也，故自作农少，而小作农多。小作农有二：一曰普通小作农，一曰开垦小作农，其移住旅费，或由资本主贷给，或出府县间募集，其移住之初年则贷以米屋农具种子费五圆至十五圆，阅三五年后，以年赋偿还。此外又给开垦费，每一反半七八十钱（合中国七八百钱。日本紫铜币之一钱与中国十钱同）。成垦有效，即以所给地亩全予之，课以年赋而已。

六曰作物。凡四类：一普通作物，如米、粟、黍、大小麦、大小豆、燕麦、裸麦、荞麦、玉蜀黍、马铃薯等类是也；二特有作物，如亚麻、大麻、蓝𬎆、芸苔、烟草、兰草、杞柳、荏、胡麻等类是也；三果树，如梨、桃、梅、杏、柿、橘、苹果、樱桃、葡萄等类是也；四蔬菜，如玉葱、菜豆、甘蓝等类是也。四类宜各详其栽培制造之方法、及输出额数。

农事奖励之法有六

一曰奖励。奖励之法有六：

一曰农事试验场。初置开拓使时，于札幌设农学校，又于其亀田郡设育种场。明治二十二年至今，道内各郡县遍设农事试验场。其场务置农学士一名为之长。试验农务分三部，曰种艺部，曰病虫害部，曰农艺化学部，置专门教师三名，各承其任。外附技手二名、助技手若干名，相与研究农学试验，实地选择各种农作物之苗种。

二曰属托试验农事。北海道区域广阔，土质气候不可齐一，试验农事因有差异之分。道内各试验场，凡需试验之农作物，应属托各地农事笃志家，随地随时供给各种物苗以资试验场研究，庶可辨其土质、气候不同之数。

三曰农产评品会。明治十一年，开拓使假札幌开农业博览会，品评农产以臻进步。厥后，函馆、根室、扎幌各地，每年开会一次。二十年，农产加增，各郡部亦开会。二十五年，事业盛大，又开共进会于札幌，俾农民有所比较。其赏品、经费，则归道厅补给之。现今郡村农会，各地争开，其品评、补给、赏费，则派主务课员审查之。

四曰选择苗种。明治七年，开拓使开育种场于札幌，购买各地桑苗果树各物，以资选择。十九年，北海道厅设生产物试作场，选择苗种，又遍购外国农作物，以备选择

29,4,5

改良。

五曰巡察农事教师。初，开拓使以下称考农吏员，往各地讲说农事。至明治三十四年，改置巡察农事教师，曰奏任待遇教师（日本有奏任官、有判任官。奏任待遇者，言待此教师之品位与奏任官同也。判任待遇意仿此）一名，曰判任待遇教师若干名。又置巡察制丝教师及巡察蚕业教师，各巡其事，以为农事改良之助。

六曰勤俭贮蓄。北海道开垦后，获利孔多，人气粗豪，易倾于流荡，奢靡游逸，将恐不免，故明治三十四年，长官尽心防杜，倡勤俭贮蓄之说，通晓村町部落，使其协订规约，勤俭贮蓄，以消奢靡游逸之渐，成富庶善教之风。

一曰农会。

开农学者，以专研学理为宗旨，而不能普及于农民。能就学理演说启导农民，其功大而捷者，无过开农会。明治十四年，札幌设劝农协会事务所置会员，广志各地农界有益之说，列图刊行，鼓励众民以兴农会，故道内郡农会、村农会纷然并立。三十三年，改布农会法，凡会置会长农学博士一名，技师农学士一名，会同研究。并派员往各地调查利病，及作物栽培之法，得一新理，即登报告，名曰《农报》，每月发行一次，俾资考察。 功大而捷无过农会

六日庚寅　晴。巳初，仍观北海道陈列所，见豆类甚多。一菜豆，较蚕豆大而圆，色黑有文；一大蝠豆，较蚕豆大而长，色白如粉；一鹑豆，较豌豆大三倍，或红或 豆类甚多独无黄豆

紫；一豌豆，较中产大两倍，或青、或紫、或绿，均有文。乃独无黄豆，故我牛庄黄豆与豆饼，以日本为一大销场也。有裸麦一种，较中产小，麦有光泽，良窳悬殊，值亦迥别；又燕麦，色黑有文，状如燕尾，故象形立名，杨升庵以乌昧草当之固非，即注疏家以为野谷通称亦非，谓燕麦为野谷之一种可，谓野谷即燕麦则不可。午膳后，将观动物馆，途值日皇赴会，乘双马车而过，观者充衢，陪乘者审查总长大鸟圭介，须发皓然，扈从兵士六骑而已，别无仪仗，警察为礼，亦俯首答之。日民四千万咸踊跃尽国家义务者，以君不甚贵、民不甚贱故也。

日本天皇赴博览会参观

七日辛卯　晴。未初，观农业馆东京陈列所，陈列物品以丝茶胜。其分别害虫，有甲虫、半甲虫、双翅虫之异；益虫有鳞虫、半翅虫、膜翅虫之异。大约虫身有毛如蝶类者皆益虫，虫身有甲如天牛类者皆害虫。次观农事试验场，仅列标本、模型、图画三十三类而已。左侧列农务局张图表十馀种，地质良窳、农事比较、历年沿革、全国成绩、输出入额数，悉明了如指掌，乃知图表为会计家第一要务。

参观农业馆东京陈列所

八日壬辰　雨。未初，聚师集同人于葛城留风馆，以西法写真。馆主出视丁汝昌投降之遗像，呜呼！可伤矣。

丁汝昌之投降遗像

九日癸巳　晴。大风，飞沙蔽日，屋宇飘摇。日本常地震，屋无高墙坚壁，故值飓风大至，直有欲坠之势。是夜未安眠。

十日甲午　大雨。竟日未出。

29,4,11

十一日乙未　晴。未初，观农业馆蚕业学习所，列桑一株，附害虫七种，又附害菌四种（日人称毒为菌）。又观桑芽发育及桑叶发体标本，分市平鲁桑鹤田赤木细江十字文各六种。自四月一日起，七日发芽，又七日发叶，再七日至五月五日，其叶可食，此为日本蚕龄之一龄一日，故叶之可食，始于五月四日也。日本俗谓蚕龄有五，每龄七日，五七三十五日，为蚕蜕之数。五月四日为一龄一日，七日一增，及二十八日则为五龄之一日。按增一龄必蜕一壳，五龄应蜕壳四，方得寸许以长。此后七阅日，上簇营茧；六月七日，化蛹化蛆，蜕壳成茧，八、九、十、十一、十二日，皆成茧；十三日化蛾蜕壳；二十二日至二十八日产卵，卵色按日一变，始嫩黄色，至其极点则赭黄色也。又观给食法：截桑叶分粗细，视蚕体大小进饲之。蚕体日大一日，饲桑则日粗一日，免致叶大于蚕，而蚕为叶盖，不透空气以遏生机。饲时每三时、间或四时，间给桑一次，一昼夜或五、六、七次。饲新叶即撤废桑，免食污叶；撤废桑即出蚕粪，免受污气，否则害其胃腑，易招蚕病。病蚕标本列有八种，其茧分清种伊杂柞蚕青白同功、琉球同功五类，惟琉球产色草黄，长有五寸者，馀俱较清，茧大而无光泽。丝则合内、外国春、夏、秋三时出产，分高温、低温、干燥、温润四区以比较之，盖日本育蚕家皆别此四区为育蚕之方针也。

参观农业馆蚕桑学习所

遍览全馆列品，大自开垦、畜牧、播种、制造，细至规画园囿、树艺、盆景，无不各从其类，陈列标本模型，附示图画。农书详述改良方法，及实验成绩，种种研究乃得日新月异。惜其国幅员狭而陆地少，长仅三千八百馀里，横度尤狭。想农业家之求进步者，当憾天限其地，未足充其开拓之志，此迩来所以日营殖民地欤。

憾天限地日营殖民

参观农业馆北海道新泻矿油

十二日丙申　晴。未初，观农业馆北海道新泻矿油，标本有三。曰原油，质清如水，无异味，不待制造即可用；其由制造而成者，曰机械油；不一种曰石油，凡五类：一、特别火止油，光度极高；二、火止灯油，色白，危险，而值廉；三、通常油，色黄，可驱除害虫；四洗器油，可洗器械如新；五、重油，最次，用作工场汽炉之燃料。考石油出泥田内，凿井二千尺以上，其土色白有瓦斯味者（日人谓煤气曰瓦斯），油泉即将至，始清、继浊。清者为原油，浊则须加制造，石油其一种也，西人曰煤油（华名洋油）。输出于亚洲，向为美、俄二国之专利，日本思有以抵制之。其发端始自越后明治五年，穿井于三岛郡尼濑町，失利。十五六年，居民协力，借海滨区数百坪，开堀得泉。至十九年得一井，一日出油二十石。从事者以为一时之幸，未足久远。当时有资本家山口、内藤、牧口三人者，出创社会选海区，得农商务省许可。派技师社员巡田，试堀不一其处，然皆用人工，甚不便利。二十三年，购入美国凿井机械，并聘美人为技师，凿堀奏效。今仅新泻一县，凿井一百有三，采油年得二十九万三十九石有奇，收入金额年得二百二十三万三千三百圆有奇。初，资本仅十五万圆，后以收入利资，增至二百四十万

29,4,12

圆，现馀积者犹得七十万九百馀圆。又闻选定试堀地三百七十馀万坪，以为将来之进步，其利有不可限量者。吁！利源所在，无地无之，视人能辟否耳。夫石油所产，多属平阳陆地，我国石油田亦至不少，金沙江两岸之流泉，四川之火井，皆产石油之处，昔江西陈君次亮已详言之。顷又闻刘君少白云：贵池城南万罗山阳，有油井、盐井各一，传说其由可考证，且有碑揭记之，惜今蔽塞无知之者。日本兴办数年即获大利。我国地大物博，石油所产较日又广，胡国民四万万，竟无一如山石、内藤、牧口三人者开辟利源，坐视每岁漏卮数千万于外洋也。惜哉！

观石油矿法

日本越后国新津石油矿也，观石油矿法，先将山直劈而下，横观其地层、地质（劈山之石，一块即知此石是山之第几层，石油尚离此石层有几许深，盖泰西讲地质学者有一定之理也）。如山峰太陡，则无石油；如见粗白之沙，则必有油。观油脉之法最难，脉有平行地中者，有斜行地中者，有短有长。凡平山最佳，山平则油脉不甚深，其脉亦甚长也。始掘地用铁椎深凿，先得水俟掣去之以器汲深处见沙，则油得矣；然后以铁管安下，用机器汲取。初出之油，混浊如中国之豆油，汲出后入桶，由桶入铁管，流至山下制造厂内，以水龙汲至大铁桶内封固，用火煮之，煮后清浊渐分。最清油最先流出，此油作洗机器用；次清油次流出，作点灯用；再次清油，作擦时表自鸣钟用；再次油，作擦大机器用；末次浊油，则取出，入黄强水以蒸汽煮之，后用苛性曹达解黄强水之性，置缸中澄

析分石油

之，清者仍可点灯，留浊者再煮，如前法，至最浊油黑如烟炭，或入炉作炭用，或入石油乳碎如稠膏，以涂木及墙脚，可无朽腐之虞，无一废物也。又有柏崎日本株式会社，为最大之处，有石油井百五十处，制法如前。

十三日丁酉　雨。竟日未出，寄书王雷夏师于东京公使馆。

参观林业馆

十四日戊戌　晴。未正，观林业馆，地坪数详前。前次开会，农业园艺外，无林业部。自明治二十三年，属林于农，始列农林馆。二十八年开会，仍前名，此次特列林业一馆，以见林业发达，非复从前也。陈列物品分三部，曰林产物，曰林产方法，曰林业器具。合三部又分大纲四十三类，每类又分细目，繁甚。初入馆，见左侧列玻璃台，置七色丘陵其上，曰内国事业模型，叩以故，曰：丘陵别以七色者，别土之学也。造林方法，别土为先，培养保护次之，折伐运用又次之。然培养以别虫为先，故列森林有益、有害虫，不可胜数。保护以狩猎为先，故列捕获害物之器具，亦不可胜数。又见造伐森林模型一具，人物山川，象形惟肖。布置次序分十目：一曰森林培养法，二曰林积调查，三曰立木引渡，四曰伐木，五曰舳小屋，六曰伐根检查，七曰山中运法，八曰堰上开放，九曰川运，十曰登场运材。其运用方法，见林产物部所列。工程材料分三目：一曰器具材，二曰建筑材，三曰装饰材。此大略也。各种标本外附图画，图画外附说明书，必期观者一目即知而后已。余览其全境，无山不垦，无垦不林，即海上

别土之学

无山不垦
无垦不林

29,4,14

一屿，皆郁郁四围，众鸟栖息。盖彼恃林业为国课之大宗，故其研究不遗余力。我国有山不垦，垦之而不能尽，坐失利源。偶兴一大工作，其材料悉输自外洋，安得有谈林业者，起而扩利源，杜漏卮也。虽然，国家不先定保护森林之法律，则林业终不可兴。

十五日己亥　晴。辰初，观水产馆内附农商务局，地坪数详前。陈列物品分五部：曰渔业，曰水产制造，曰海盐，曰养殖，曰水产业方法。合五部又分大纲八十馀类，每类又分细目不下数千百种，奇奇怪怪，不可详数。入农商务局，考水产学习沿革表，自明治二十二年东京开创水产会及水产传习所，提倡教育水产之学，故二十三年开会，始有水产馆名目。二十六年增筑黉舍，扩张教务。二十九年官设水产学习所，农商务省劝其费。三十三年定入学程度，视寻常中学第三学级之资格。学科有三：曰捞渔，曰制造，曰养殖。每科分目二十馀类，以为课程。别三学级，一年一级，三年卒业。同年，又改正卒业生入现业科练习实业一年，又入研究科研究学理三年，方毕在学之业。同年，又定远洋渔业练习科，分科有九：曰航海学，曰船舶运用法，曰造船学，曰海洋学，曰气象学，曰数学，曰国际法及船员船舶法，曰实习等科。每科分目十馀类，以为课程，亦三年卒业。日本维新后，水产改良，仅十馀年，其进步即较前十倍。尽滨海之国，水产乃其大利，又从而研究学理技术，奋往无前，乌得不蒸蒸日上。我国水产，惟盐视为国课大宗，馀均不计，日本虽细至水

参观水产馆

水产学习所

远洋渔业科

草、海藻，农商务省均详其赋额，故国家不惜巨费以兴教育。西人有言曰：教育愈兴，利源愈辟，诚哉是言也。次观海盐陈列所，列盐池一，铁质，纵丈许，横七尺许，高二尺，厚约五寸，置砖台上，台中空突，有门可启闭。附列盐品，细白如我国通海吕四之产，标别用途有三：一曰食味用（盐渍味噌酿造酱油味噌豉也），二曰农业用（肥料饵料），三曰工业用（曹达盐酸硫酸制造揉革石碱）。其副产物，则分硫酸、石灰、硫酸苦土、硫酸曹达、盐化加里、盐化苦里等目。又观某陈列所之工艺材料，类列珊瑚数百株，分白、赤、桃红三色，大者高四尺许，生石岩间，一本三柯，其支数百，蓬蓬勃勃，幽茂玲珑，亦有交干直上，如老树无枝，矫若游龙者。

参观机械馆机器十二部

十六日庚子　大雨。午后，观机械馆，占地八百九十二坪。陈列物品分十二部：曰原动机器，曰传动机器，曰试验机器，曰电气机器，曰漕运机器，曰采矿冶金机器，曰化学工业机器，曰染织工业机器，曰制造机器，曰印刷机器，曰工作机器，曰土木修盖机器，合十二部。又分大纲百十数类，每类又各附附属品，更不可数。流览一过，乃知国愈文明，机械乃愈进化。即以日本言，初次博览会所列机械，仅有人力车、乳母车等类，仿造泰西机械，不敌此次百分之一，故各项工艺，出品亦不敌此次四分之一，近来则仿造无遗矣。凡用机械，必藉发动机发力以转运之。泰西发动机，用锅炉蒸汽、或电气蒸汽者多，然价值昂而安置难，不能普用，日本则仿而变更之。观原动机

国愈文明器愈进化

29,4,16

器部，有石油发动机一种，值廉，安置便，其用与锅炉、电气、蒸汽等。其发力自一马力至二十马力，每马力每时用石油一合五勺。又有手力机一种，木质为之，可以手摇，日本小制造家多用之。聚师于原动机器部内，购得石油发动机一具归，为江南创兴工艺之所需，又于染织工业机器部内，购得铁质、木质织布、制棉、提花、纺织、陶绳各机器十馀种归，使江南人仿造之。此次考察机器，为江君小楼专任其事，绘图附说极详，余故略之。观馆内各机，悉展轮试验，声轰然若迅雷，屋为震动，观者衣履飘曳，值飞轮旋转处，受其牵曳即不测，入者宜慎。

购发动机

十七日辛丑　雨。午后，复观机械馆，见精米机械。一种地列榨米机，台上制金刚砂臼四，各悬陶杵下注臼心，左侧有半圆轮，以革带系于石油发动机，发力以运转之。四臼约三十分时间，可制成精米一斗五升。又一种排列六杵臼，左悬一小轮，以革带系于原动力机，发力以运转之，一时间可制成精米四斗。又一种木质为之半轮两杵臼，以人力踏动，十一时间可制成精米一石八斗又。一种一杵臼，有大半轮下贯机轴，以轻便足力踏动，三十分时间可制成精米二斗。以上数种，效用价值俱甚简便，木质最易仿制，用途亦广，故聚师亦购二种归焉。

精米机

十八日壬寅　晴。午前，观工业馆，占地五千七百六十六坪。陈列物品甲于各馆，分四部：曰采矿冶金工业，曰化学工业，曰染织工业，曰制作工业。合四部又分类数百，陈列之繁更难殚述。详观歧阜、静冈、土佐、福井四

参观工业馆

日本纸产品 县纸产陈列所，前闻日本纸产出品，以土佐为最优，次静冈，次岐阜，次福井。今见岐阜出品陈列原料尤为详细，其纸名曰“美浓”，美浓者，岐阜属地也，岐阜纸产多出美浓，故纸以地名。考美浓纸，悉以手工制造，用途最广，亦易仿制。考其原料有三：一曰三椏（与中国黄瑞香花相似），二曰雁皮（汉名荛花），三曰楮（穀也，汉名穀桑，又曰楮桑）。其补助原料亦有三：一曰蔺（水草，生滨海区，俗名札草），二曰稻藁，三曰柏洛勃（西名即板纸，日语ハルフ），他若桑麻竹属，用之甚稀。其点浆原料有二：一曰梧桐，二曰黄蜀葵。

参观岐阜纸业陈列所 十九日癸卯　晴。仍观工业馆岐阜纸业陈列所，晤所员某。考美浓纸制造之法：始以三椏、雁皮、楮等，浸水

造美浓纸法 中时许，捞起削去外壳黑皮，晒干。临制纸时，以原料六十斤浸之水中时许，以水一石五斗烧沸后，投曹达灰五斤、苛性曹达一斤四两于中，待溶化再投原料煮之，以一点馀钟为度，候烂而色黄，提出入清水桶涤尽药性，置打击场木槃或石槃上，以槌棒反复击三四次，其料即成细密之纤维（临时置清水碗中试看粗细纤维细茸之意）。更用加尔基漂白药漂之，其法：以三斤加尔基置诸别土器内，入温汤（华氏七十五度）溶化时许，取上层清者与原料混入他槽，四五时后，纳诸布袋，榨干投入清水涤三四次，即成白料。此后欲造何等纸，即配合何等原料分量（详后略表）入纸槽，槽中入清水二石，投原料六七斤，用槽柱驾马锹（漉纸之器）搅拌纤维之原料，再和点浆

29,4,20

黏汁（黄蜀葵梧桐类），以竹棒搅匀，即可漉纸。

二十日甲辰　晴。午前仍观工业馆岐阜陈列所。考漉美浓纸方法：已和点浆黏汁以棒搅匀后，即先推去槽面两枕木，以两手分持桁箦柄（漉纸之器）入槽中，轻汲原料水，前后摇荡三四次，舍去桁箦上面馀水；再汲原料水，左右摇荡三次；三汲原料水，前后左右摇荡三四次即成纸。提起桁箦置搁枕木之上，少待清水滴尽，启桁上部抽箦出，覆箦于木板之上，以手轻提箦之反面，则纸黏于木板之正面，用右手轻起靠怀一部，徐徐提箦，再置箦于桁中，以铁鏈连之，仍行前法，如是一二时许。再加原料与浆汁，亦如前法，搅拌，其添原料约八九次。最后，下层则为粗劣之纸料，漉之可作包皮用，约制半日时间，积之纸移置压榨板，榨去其水，须经一夜后，移置晒场晒之。凡晒纸，须以右手执手刷所，左手拈纸角，徐徐启层贴诸木版，晒干，裁以尺寸（详后略表），即成完全之纸矣。其馀所须一切器具，绘图二十有奇，未附记，惧繁也。仅记点浆表、纸类略表各一，如左： 漉美浓纸法

纸类略表

名称	原料配合	用途	幅员
靠皮纸一名雁皮纸	分三等：上等净雁皮，中等雁皮五分、三椏五分，下等雁皮三分、三椏三分。亦有用楮者，依三椏数增减之。	压写画图等用	纵一七〇 横二二六
手巾纸	稻藁八分、楮或三椏二分	拂拭	六〇 六〇

续表：

名称	原料配合	用途	幅员
薄叶浇花纸	与靠皮纸同	制本	九三 一三三
东洋纸	净三椏加松胶、明矾水等	名刺日本前作币用	一七〇 二二六
书翰纸	三椏或楮或三椏与楮各半，亦或加稻藁与拍洛勃	写信	五〇 二二六
蚕卵纸	净楮	蚕种	七〇 一一七
书院纸	分三等：上等净三椏，中等楮与三椏各半，下等楮三椏各四分加柏洛勃二分	杂用	九三 一三三
东洋皮纸	净楮为上等，楮与旧纸混合则为中等	包物	一三三 一七七
双生皮纸一名程村纸	净楮	同	一三三 一七七
用矾水纸	净楮或净三椏	画图用	一七〇 二二六

点浆表

自八月至二月	三十八两	自三月至四月	八十两	自五月至七月	百二十两

右表纸类尺寸，照漉纸桁箦尺寸，以一张截为三张之式也，是为第一号，而二号三号，则依次减缩。中国如仿制之，宜合中国适用尺寸，不必规日本之成式也。至原料点浆汁数，宜因天气寒暖，以增减之，可不拘成规也。迩

29,4,20

来日本纸产，夺我利权不可限量，观于书籍报章之所用，即知其大概，因不惮烦，采访一班，以供我国纸业改良之用。闻聚师将聘日本纸业技师，于贵池南山仿日法开聚蒙纸厂，此我国实业界上将来大进步也。

二十一日乙巳　晴。辰初，观加奈太（加奈太，中国译作坎拿大）别馆。见东半壁涂泥石作岛屿之势，下环流水，制成加奈太山川形势、铁道航路之模型，使见全国舆图，如指诸掌。陈列物品以农产胜，天然品居多。其制造品，则有酿造面食木质器具不一类。又列造纸原料，分桧木、枞木、白杨木三种。惟枞木原料区为五等：一曰截断，每断约二尺馀，层累如厚木式，皮剥削间有存者；二曰碎片，每片长不及寸，薄仅寸许；三曰剖析，析木片细如末；四曰改质，揉软如线初脱；五曰变色，洁白莹然，即成纸料，俟投浆汁制造成纸不一格。次观参考馆韩国陈列所。所列纸料，有桦皮一种，长条约五尺许，去青留白，色微黄；又荻皮一种，细条长二尺许，状如麻色，白而黄。考桦与楼，同椰榆也，其叶如榆，其皮坚韧，故高丽纸产最佳。

加奈太（加拿大）

参观加拿大、韩国馆

二十二日丙午　晴。辰初，观美术馆，占地五百五十八坪。陈列物品分三部：曰绘画，曰雕塑，曰美术工艺。绘画分日本、西洋二类，日本之画多绢本尚恽派，无甚佳者。雕塑分木、牙、金、铜、陶、磁、土、漆八类，雕牙与粤工等，惟人物类，衣裳笑貌能传虚神，有飘摇欲舞之致，为粤工所不及。美术工艺分丝、绵、染、绣、漆具、陶磁器六类，磁器有七宝窑一种，名古屋产也，制造之法

参观美术馆

与中国景泰蓝同，然宝光外溢、细意熨贴，则驾乎我之上矣。又有青花白质二种，仿康窑可夺真，售出西洋获重价。夫我国工艺，惟磁器甲地球，今见日本仿制之品，精美过我。又前阅江西柯中丞奏议谓：日商购景德磁胎归，制彩釉博西洋大利，而阻中磁销路云云。又，往年日本广收中国古磁，初以为供玩好，今乃知作标本，其磁器发达日臻进步，我国磁器宜如何改良，以挽利权乎？此会有持古玩赛会者，既不合劝业宗旨，且徒资彼仿制之用，阻我自进之途，果何益耶？又观染绣品，其配线运色浑化无迹，有阴阳向背之分，疑为古大家之写生，不知出于染绣也，合较之当甲全馆。漆器次焉，列品一件，有标值数千金者。考日本工艺有二目：曰工业，曰美术。工艺美术，工艺专重学诣，制一物不惜巨费，但以研究极点为目的；工业专重销售，制一物但求合用，以价廉易销为目的。华人曰：日本货廉而易败，然不计其败，终就其廉。泰西工艺重求极点，输出一物必期美甲全球，输入亦然，价无论也，故其货值必昂于日本。而日本工艺家之眼光，能察中国与泰西之趋向，美术出品以泰西为销场，工业出品以中国为销场，廉者夺中国之利权，贵者又分泰西之利权，其富其强谁曰不宜。

日仿制磁器精美过我

工艺重学诣工业重销售

二十三日丁未　雨。接雷夏师来书。

二十四日戊申　晴。酉正，晤桑铁珊观察，托登丁尚庚寄品价目，以应雷师之嘱。归复雷师书。

前往静冈考察漆器工业

二十五日乙酉　晴。酉正，自天王寺驿乘汽车，往静

29,4,25

冈考察漆器工业。戌初，至梅田乘快车，车驰过京都、歧阜、名古屋各府县境，惜夜游，大好湖山未能遍览。第见沿途汽车驿栈，络绎不绝，万家灯火，千里联明。丑正，过滨名湖。将曙，见湖流南注远海，汪洋无际，乃驾铁桥以过，倏闻汽笛大鸣，穿入金谷之隧道，行数分时，重重岩洞出没，倏忽若神龙之蜿蜒飞度也。

二十六日庚戌　晴。寅初，抵静冈，登驿，憩大东馆。酉正，访本庄京三郎于静冈县署，接谈。示以往静宗旨。闻静冈漆器精华，坚牢非其特长，惟价廉易售，广应实用，故近时输出金额，年得六十万圆至八十万圆之多云云。京三郎允为饬知工场及学校，以供考察。又为导观全署规模，其房作四水归池、西洋重楼式。登楼观内务部，分课室有五，管理合县农业、工艺、商务、学校、兵制等事。附列事务室，约记有九：曰农会室，曰组合制造丝缔室，曰山林协会室，曰郡市受扣室，曰银行及金券受渡室，曰金库出张室，曰海滨掖济室，曰卫生室，曰参考度量衡室。其楼下列有议事堂、应接所、画图室、发电所、电话所、郡市村町奏员扣室，及其他寄宿舍。余问：县署所掌，胡不及刑名讼狱？曰：此为警察署、裁判所、控诉院之专任，县署所担当者，实业、政治耳，不独静冈然，举国皆然也。话别又访洼田源于漆业组合所，接谈亦示以来观宗旨，订约翌晨同往。洼田者，所员也；京三郎者，静署内务部员也。

静冈漆器价廉易售

静冈县署

二十七日辛亥　晴。辰初，洼田偕漆器株式社会长小泽诚一来寓，同往漆器学校，晤其校长松冈谨三郎，导观一一，是日未毕，归寓。

参观静冈漆器学校

二十八日壬子　晴。辰初，洼田复来，仍往漆器学校。考是校除普通学科课程外，列专门技术科有三：一曰木地科，专制漆器之木地。凡漆器用木地者，其法先剖木料成片，置诸干燥室，先蒸后炕，吸尽木质中之水湿气，使其质收缩坚固，而后制造成物，乃无败裂之虞。蒸炕合度后制成木地，木地接合处，大物用钉，小物用胶或漆粘接之，而木地科之事毕。二曰髹漆科，专制素漆，漆地磨擦加罩而已。其漆上品先用生漆，和砥粉涂弥木缝，干后加漆，漆后用布，布弥木缝，布后再漆，候干复用生漆和锖复漆，漆后待干，干后仍漆，如是者四。漆地乃平匀后，用砥石、木炭递磨三次，即递漆三次。每磨时，必待漆干乃能细滑，细滑后染墨汁加乌漆，干后用梫炭细磨去

漆器工艺

其艳光，乃归描金科，描绘花草，绘成后取回加罩透明漆一道，候干用鹿角粉磨擦，即腾光彩，此皆上品之制法也。中、下品随宜减工为之，而髹漆科之事毕。三曰描金科，专司绘画，分类有三：一高莳绘（即中国漆器中之堆金画），其法取髹漆科素漆之器具（须用加过透明漆及擦过鹿角粉者缘堆金后不可加漆擦粉故也），用粉钩写画稿其上，粉干以生漆和锖（锖即砥粉）寻粉地加画，愈画愈高，不限其量，但期适当，干后案画稿加漆一道，趁其将干未干时，糁金粉于其上，以毛笔熨贴之，置入干燥室，限十二点钟为度，取出拂拭之即成完品。二平莳绘

29,4,28

(即中国钩金洒金画)，画法与前同，惟加罩之透明漆，须待画地绘成加之（下研出莳绘同)。其画地干后，用生漆和锖加描一次，将干未干时，即糁金粉使笔熨贴干透，加罩透明漆，置干燥室限十点钟为度，取出用鹿角粉磨擦出光，即成完品。三研出莳绘（即中国五彩画)，画法及所用之漆地，俱与前同。惟画地干后，用透明漆配合应用颜色，按法设染，染毕待干，复加透明漆，置干燥室限二十四点钟为度，取出用鹿角粉磨擦出光，即成完品。具此三者而描金科之事毕。是日午正归寓，午膳后复往学校，询察至酉正方归。

二十九日癸丑　晴。辰初，洼田复来，导观纸工漆器工场，晤其场长中川长吉，引观一一。见制纸质素地用ホ丨ル板纸（和名）加裱数层，成为厚质，左列各式器具模型、机械数种。以器具之模型（模型中凹。中国铸铜铁者俱以土为型也）系于机下，置纸质于其间，转机压下，即成式样。复悬机提出再压，其次提出后，置诸晒场，趁其将干未干时，用模刀裁削，以合各式器具之方圆尺寸，复使晒透，用鲛鱼皮细磨数次，以成细滑之质。再用夹板夹之，上加块石镇压平后，以便涂地加漆。观漆法，层次较木地简便，方法则略相同。未初，归与洼田别。 参观静冈漆器工场

三十日甲寅　晴。巳正，乘汽车往滨淞。未初，登驿憩东海楼。赴滨淞漆器工场，晤其场长市川安吉。闻滨淞所产漆器，绘画最精良，其普通漆工亦极精美云。复导观木地、髹漆、抽金各科场，与学校等。安吉出视美术莳 滨松漆器绘画精良

绘，有发明新色数种，望之如七宝磁釉，光华溢露，不知为漆质也。场中悬额曰“天下独步”，或无愧焉。酉正，乘快车往西京。子正，登驿寓小林馆。

返回大阪

五月一日乙卯　晴。申初，乘汽车回大阪天王寺。戌正，登驿入江楚事务所。晚膳后，晤聚师，询余往静考察之心得，余论日本漆器精美卓著，无他长也，惟恃化学所制之透明漆，能腾光彩而已；其他制造，则去中国雕磨法不可以道里计，其原料则大半购诸中国。即所谓透明漆者，亦不能出我国宁波所产之上，乃仅核静冈一县，输出额数至八十万元之多，合算他处国课大宗，漆器亦居巨数矣。日廷所为，勤勤恳恳，日事劝工，视为经济国家之大端者，岂无故欤！夫中国漆料素甲地球，扬州磨工、闽中雕刻制造之精亦卓绝无匹，第制物者不求日进，遂至日退，仅视为寻常之玩具，不能广销外洋，故漆质原料销于本国者或滞，销于日本者转畅，使中国就漆器一端提倡改良，获利即不可限量，由原料多且佳也。如用扬工、闽工雕磨之法，仿西洋各式制造成品，减轻价值，则可夺日本美术漆器之利，再仿其行于中国者，更轻价以抵制之，则可夺日本工业漆器之利。然此非得学校、工场、会社三者毕举不可，无学校则工业不得新理，无工场则工业不见实效，无会社则工业不能扩资本。吁！岂惟漆器工业然哉！

论振兴中国漆器工业

二日丙辰　晴，午雨至暮。是日，罗集所考静冈漆质原料名称，列表如左：

29,5,2

漆质原料表

名类	制　法	用途	产地
透明漆	制以化学法，为日本漆质之冠	用为上品罩面	原料产出宁波
墨漆	即中国退光漆，是不加制法用之	用为中品罩面	汉口
朱合漆	即中国红坯漆，是不加制法用之	适用广	汉口
春庆漆	与透明漆相似	罩面	宁波
花漆	其质素制以化学法，饶有光彩	调合各种彩色	日本
下地漆	即中国晒点或紫檀漆，是不加制法用之	涂地	汉口
乌漆	原名上涂土漆，取西洋铁材质晒干，刮成细末，浸水中七日，去其渣滓，汲其精液，和入土漆，蒸后布诸木盆，用木棒拌晒提尽水气，则漆质之乌，即至极处。	用为上品涂地	日本
蜡漆	用中日两国之产，制以化法，研蒸之曝晒，提尽水气，其色如蜡，光彩甚佳。又有木地蜡漆一种，与此相似。	凡中下品用此为罩面	六安、龙潭、虎子岭及越前、下野。

续表：

<table>
<tr><th>金银粉色炭各名类</th><th colspan="2">制　法</th><th>用途</th><th>产地</th></tr>
<tr><td>烧消金粉</td><td colspan="2">用真金研制之</td><td>上品莳绘</td><td>东京、大阪、福岛</td></tr>
<tr><td>银及银粉</td><td colspan="2">用真银研制之</td><td>中品莳绘</td><td>同前</td></tr>
<tr><td>金及梨子金粉</td><td colspan="2">用青铜研制之</td><td>中品莳绘</td><td>东京、大阪、福岛</td></tr>
<tr><td>锡粉箔</td><td colspan="2">用锡铅研制之</td><td>下品莳绘</td><td>同前</td></tr>
<tr><td>朱及上朱</td><td colspan="2">与广东三星朱等，上朱即桃丹是</td><td>研出莳绘</td><td>大阪</td></tr>
<tr><td>黄粉
绿青
洋红
金部</td><td colspan="2">中曰石黄
中曰三绿
中曰西洋红
中曰石青</td><td>同前</td><td>越后及京都
法国</td></tr>
<tr><td>辨柄</td><td colspan="2">与中国土红等，较之鲜</td><td>同前</td><td>冈山县</td></tr>
<tr><td>砥粉米粉
石膏
磁粉麦粉</td><td>上列各粉俱天然产</td><td>上列各粉，以砥粉、石膏为最凝固。上品和漆布地，中、下和阿胶、土沥青布地。土沥青即樟脑油，阿胶以松脂解之。</td><td colspan="2">日本</td></tr>
<tr><td>木炭
梫炭</td><td>天然产
同前</td><td>漆地初加生漆，干后用此点水擦磨成平滑之质。
其质细漆至四五次，每次干后均用此点水擦磨。</td><td colspan="2">日本</td></tr>
<tr><td>鹿角粉</td><td>用鹿角研制之</td><td>凡罩漆加后，用此干磨四五次，乃大放光彩。</td><td colspan="2">日本</td></tr>
</table>

29,5,3

三日丁巳　晴。

四日戊午　晴。午膳后，日人国松索书。

五日己未　雨。申正，聚师集同人于丰乐园晚膳，海外端阳风味殊别。

六日庚申　晴。辰初，偕胡君渊如佐藤观大阪监狱。圜墙俱赤地，甚宏阔，总门左右，分列男控所、女控所各一，入应接所，狱长田中义导观，狱门有警察司启闭。历观惩治场十有四，每场分隔十馀房、或二十馀房，俱洁净透空气，光线合度，内各置自来水管一，厕道一，房各有门，门各有穴，穴口各陈“刑事被告人遵守书”一册。或一囚独居一房，或数囚共居一房。晚则入宿，日则往惩治场役工。工场有五，每场置监督一，督计功过勤惰，及制品、原料出入之数，所制出品以织布为大宗。一场列织机，多者五六十架，少则二三十架。馀如米、麦、麻、棉、麦面、木具、漆器、陶器、明角、玳瑁器具、信笺、绳带等类，制造成品均归官卖、收价以偿监狱所需之费。罪轻者给工价十之六，重者给十之四。考犯罪者：自十一日以外之刑期，方役以工。有不满十六岁之幼童，犯偷窃罪者，午前则课以寻常小学课程，午后则使学工。见幼童八九名，均学治麻，馀皆壮年之囚，合五场共千数百名。云在罪衣赭，罪满衣蓝。衣编号数，一举动必视号衣次序，以出入进退之服役各事俱囚也，罔不整齐，俯受警察号令，而警察督率庶务，亦自严肃无惰容，有将佐指挥士卒听命之状。观至此，不觉所履者为监狱也，所见者为刑

参观大阪监狱

徒也。呜呼！民失恒业乃陷于罪，既有罪矣，牧民者徒以鞭朴桎梏示威，不知明刑弼教为何物，固非善矣。即或纵囚市恩而不授以恒业，启其悔悟，虽脱罪网，仍蹈故辙，亦何足怪！日本于监狱间设学堂、工场，授以恒业，且每星期必使有德望之僧为讲经典，以动其悔悟，此事若我国效之，利益岂有极哉！

七日辛酉　晴。

八日壬戌　晴。辰初，偕佐藤往川口税关监收赛品。暮归，过大阪商品陈列所，见所内罗陈内国农产、水产、林产、矿产出品，及外国参考之物，类分为考查、图书、工务、查探四部，以便工商随时考察，得资研究，闻府县各郡市俱有是所。

参观大阪高等工业学校

九日癸亥　晴。辰初，偕佐藤、胡君渊如乘快车赴玉江町，观大阪高等工业学校，占地六万六百五十九坪有奇。内设工场十有一，附以讲堂、图书、标本、制图、材料、试验、化学、及教科各室，规模宏而程度高，故大阪制造素甲全国。昨所观商品陈列所属是校，立自明治三十一年，而是校则创自二十九年，乃知有工业而后有商品，故商品陈列所属工业学校，而设立又在后，足见先工后商，有一定不易之序。我国言商而不先工，寻流忘源，乌睹其利。考日本文部省所辖高等工业学校，通国有三，此外东京一、西京一。此校校长一人，教授十五人，书记六人，均从文部省委任之。生徒入学年限十七岁至二十五岁以上，自中学卒业后，由其校长证明，入校试验课程合

先工后商不易之序

29,5,9

度，身体无患，方得入校。未入先有受验费二圆、检定费一圆，授业费每年十圆。其间有品学兼优可为他生之模范者，曰特待生，则免授业费，以示奖。其教科大纲有八：曰机械科、曰船体科、曰机关科、曰化学科、曰染色科、曰窑业科、曰酿造科、曰冶金科。每科又各分十馀目，各设专门师以教生徒。所教课程分三学级，一年一级，三年卒业后，仍在校练习现业一年，曰“练习生”，又研究学术一年曰“研究生”。每年试验区目有三：一曰通行试验，于一学期中施行二次；二曰学年试验，各学年末期行之，以试此学年中修习之课程；三曰检定试验，各学年末期行之，以检定此学年中实修之成绩，以为报告。又从上级生徒内，选品学兼优者补给学费，使于各期休业时，出游工业地方，研究学术之实际。此校规之大略也。是日，助教授渡边赏导观一一。初见机械之木型铸造仕上三工场。制造机械法，制图为先，次制小品木型，测定重力尺寸，仿而大之。先制机械瓣机管调车汽机齿轮各部成就，归铸造工场，就木型用砂土模其型，以成空质之土型，干后溶铁注入，铸成机械之粗地。复归仕上工场，制以錾锤鑢锥刮削擦磨各法，组织成品。次观船体科第二学年之教室。内设长几数十张，上各安置木板，裱以美浓雁皮纸，列数十生徒作船体图，或舶用机关图，有以图画为稿者，有以标本为稿者，有以理想为稿者。教师某令生徒某取安里瓶机械标本对临，示余瓶中有螺线可伸缩，又示余伸缩时与马力速度相关系。室中四壁悬船体图式百数十种，其

工业学校学科学制

制造机械法

船体科

应用化学工场硫味刺鼻

舶用机关图更不可数，均为生徒所作。次观应用化学工场，列应用机械二十馀种，场中硫味冲入脑筋，同人掩鼻若不能久立。化学原料不外硫酸、盐酸、苛性曹达、石灰、瓦斯各矿质，制造成药，和以水素，分析定性、定量用之，无物质不可以化合分解。又见生徒所列化学制品，如颜料、脂肪、石碱、石油、油腊、药品、木材、砂糖、淀粉、鞣皮、纸张、镀金、写真各类。前观博览会工业馆所列物品，其光泽精美有不可以思议者，叩其原由，悉制自化学，观此乃知其功最大，为工业家不可或缺之点，故日本工业，专有化学工业一门。次观窑业、酿造、冶金三科。工场内无练习者，但见原料甚多。酿造科列显微镜四具，自千三百倍至千五百倍，用之可别酿造品之毒气云。次观染色分料一年生之图画教室，区画目为四：一，图案法有十，曰名称、沿革、定义、实用、装饰、建筑、装饰及考案制图、配色研究、时代式样；二，画法有八，曰目的、起原、沿革、流派、装饰画及写生、习画、染色；三，图案制作法有二，曰平面、立体；四，绘画法有四，曰模写、写生、染色、装饰画。见生徒所作画本，布景设色，阴阳向背，极合理法。工场所有印花板，均用生徒画本刻诸皮革，间裹于捺染机上用之。察染色法有二：曰浸染，曰捺染。捺染者，即干染也，以印花板染之，染料用糊，如麦粉、米粉糠，及各种淀粉是也，其法有蒸染酸化还元形付防染拔染之别。浸染者，即温染也，温染用水，以化法制成清质，蒸热从自来水管注入试染器，加配色

生徒作画极合理法

29,5,9

料，测定度数，投入试染。其色料各种原质，用植物约有五，曰：蓝靛、苏枋、郁金、红草、紫根。用矿物约有六，曰：青、黄、绿、橙、铁黄、褐色。加制磷酸曹达、砒酸曹达、硅酸曹达、苛性曹达、炭酸曹达、炭酸石灰、醋酸石灰及盐酸、蓚酸、吐酒、石酒、石英各药剂，故所染颜色，皆能鲜美均匀，洗濯不退。见物品染后，置诸脱水器烘干，用伸张强力检定器熨伸染品后，以艳色机器压出光彩，即成完品。又闻：染品如属木棉、大麻、亚麻、苎麻、黄麻、羊毛、生丝、野蚕丝交织物等类，必先以药水制练漂白，待干方可染云。昔尝阅我国税关总册，登日本印花布匹输入中国为洋货大宗。察其布质，悉用洋纱，或制自麻，或制自毛，尽用棉纱者不多，故质薄而不坚，然价值轻而花样新，色亦不变，中国贪廉炫奇，销路日大。兹观染色科，重在图画、化学两途，始知其操胜之源。夫中国欲抵制洋布入口，则织布纺纱工场，不可不设；有织无染，不能争新也，则印花、染色工场，尤不可不立；织染颜料皆从学问中来，则图画、化学不可不加研究，是必开高等工业学校，以期养成高等教师普为传授，乃为能握本源。特合中国工业方在幼稚时代，太高不可，宜求其次。凡设工厂，不妨先借洋工以资教导（日本工场学校至今犹有外国人在内），再广开职工学校，或普通学校中列职工一科，使渐有根柢，然后创兴高等工学，养成高等工师，乃遣退洋工，此不易之序也。总之，外国工学科目多，而等级别有大学、高等、寻常手工之分，工无

中国抵制洋布入口必要途径

大小，无不入学校受国家教育，国家视工重，故得以工而富强。中国非愚贱不习，工习成亦为士夫所不齿，遏抑工业进步，莫此为甚。必国家奖励有方，培以教育，予以出身，庶乎工业可兴也。

十日甲子　晴。

十一日乙丑　晴。

参观通运馆

十二日丙寅　晴。辰初，入会观通运馆，占地九百坪。曰通运者，以见交通世界之权，日臻进步也。馆内列局三：曰管船局，曰铁道作业局，曰通信局。陈列物品分三部：曰船舶机辆，曰交通输运之机械，曰邮便电信之机械。其他附属品，不可详述。初观管船局，辟地二十馀坪，作世界交通商埠，碧水萦环，标明海线，作商船交航其间，或寻支线通内港，或案干线达远洋。观其片舰飞驰，直有海权在握，纵横全球之志。次铁道，作业者示路权不假外手也。局内陈举国铁道模型，凿山跨海，有干线通都邑，有支线达僻陬，联络全国，脉络贯通，如身使臂，臂使指。次观通信局，列品外，凡邮政额表、与商船铁道额表，俱归递信省管辖，以示三者相辅而行，必得海权、路权、邮权不一失，乃可交通世界。我国立邮政而不先辟航路、开铁道，故邮权所及，外不能达远洋，内不能周全国，如是则邮权必不可伸，如之何其特立于交通之世界也？观毕，晤商船学校员平山藤次郎，访知商船学校学科有二：曰机关科，曰航海科。五年卒业，其学校以教授航海机关技艺、养成高等船舶教员为目的，凡学生在校及

海权路权邮权三者相辅而行

29,5,12

卒业后，俱编入兵籍，为海军士官预备员，服从海军一定规则。乃知商船者，续备之战舰也；商船教员者，续备海军之将校也。

十三日丁卯　晴。午膳后，日人佐藤索画。

十四日戊辰　晴。晨兴，补阅东历五月五日《朝日新闻报》论俄人妨害日本满洲之贸易，译之，其辞曰：满洲开港场以营口第一，辽河水域及其北部所产之农业物，如大豆、豆饼，实为我日本最要需之物，现时营口一港，日本视为贸易之门户，我农作必需之肥料，及酱豉必需之原料，均于此购求。我邦农业改良，工业进步，则此等农作之需，必年多一年。近来豆类贸易，已开其始，征诸十年以前之统计表，可以知之。十年、二十年后，日本工业制造日益发达，则昔所谓瑞穗农业帝国者，一变而为工商帝国，国民食料更将仰给于海外。日本所赖为第一谷仓者，朝鲜也，满洲也。虽北美合众国、及坎拏大、澳洲，皆属谷物最盛之地，亦可输运。然而，地味之丰穰，工价之低廉，距离之至近，运费之俭省，航船商权之易于执持，一切利益欲尽收入我邦人之手，则舍朝鲜、满洲外，别无可选择也。现时韩、满之间，已有贸易成立之状，将来十年、二十年之趋势，不卜可知。盖此趋势，如磁引针，如水赴壑，经济上自然之势，有不期然而然者。世界各国皆于此事无所阻碍，惟俄国其以利益与此相反，屡有迫害阻止之事，吾国于朝鲜既屡遭其迫害，今于满洲又见之矣。辽河之船舶，已在俄人药笼中，又为满洲官吏

日报论“俄人妨害日本满洲之贸易”

征苛重之厘金税，于是大豆之出运中止，豆饼之制造所休业，营口之贸易，几有一律闭市之状，殆无不受俄国之害。而我国经济上受一猛击，更可想矣！如实知俄人之跋扈于满洲，为我经济发达之一大障碍，则满洲问题固不仅名分上之问题，实利益上之重要问题矣。

十五日己巳　晴。酉正，聚师往东京，嘱赴海关监收赛品，兼订续往东京之约。送至天王寺驿，归接雷夏师来书，复之。

十六日庚午　晴。往税关监收赛品，未毕，归。

参观大阪市立高等商业学校

十七日辛未　晴。辰初偕佐藤乘汽车往堂岛，观大阪市立高等商业学校。创自明治十三年，初曰商业讲习所，后改学校，初曰府立，后改市立，三十三年改曰高等。占地二千七十馀坪，置教长一，教师三十有四，内有中国教师一员，名曰梁直臣，书记员四，医员一，使丁六。校员某导观各教室，分三学级，教科有三：一本科，其学科之目十有六，曰：商业道德、商业作文、商业算术、簿记、商品、商工地理、商工历史、经济、财政、统计、法律、英语、外国语、体操。二甲种科，别为简要商业之教育，其学科之目十有五，曰：修身、读书、作文、习字、数学、地理、历史、簿记、商事要项、商品、经济法规、实践英语、体操。三预科，其学科之目十有一，曰修身、读书、作文、习字、地理、历史、理科、图书、英语、数学、体育。其入学程度：本科须中学卒业，预科、甲科须高等小学卒业。其学额：本科、预科共三百名，甲种二百

(旁注：本科科目；甲种科目；预科科目)

29,5,17

名。甲种预科，每生案年纳学费十六圆。本科年各二十圆。自明治二十三年及今，在校生三千二百十二名，卒业生五百四十八名。考日本维新，初取法泰西，以兴商图富强，四民称商、农、工、士，使举国咸知重商之意。明治十八年，由文部省立高等商业学校二：东京一，神户一。此外，府县市立者遍全国。迄今二十馀年，凡市场贸易之人，皆从学校出。无男女、贤愚不识算数，此寻常之商业也。至高等所造就者，俱能知经国大计，卒业后派往通商各埠，总持财政，且为各国领事参赞之选，遇有交涉事务，无不洞悉法律、经济，处之裕如，外人不能欺，故得以商务角战于地球之上。夫处开通世界，非商战不能争存，已为议者之口头禅。不知外国自商部以下，有商科大学，有高等商校，有寻常商校，各校课程自浅入深，成专门学，新理日益发明。我国兴商，始不立商部，则商无统属；即立商部，而不立商法、商律，则商无保护；即立商法、商律，而不定商科专书以广开商校，则商无根柢，将以商业与世界竞争，其可乎？且商无体不立，勤农业、兴工艺、开矿务，是为商之体，亦无用不逭；修兵政、筑铁道、辟航路，是为商之用。有体有用，而尤须辅之以邮便电信，联之以银行、社会、公司，此外洋商务之所以兴也。若不贯通全体大用，仅举一端以为美善而仿行之，断乎其无济也。夫衣必提其领乃振，网必挈其纲乃举，商务之纲领在有实权，我有实权，商之体与用乃可言立，乃可言通。否则，虽欲有为，亦将为外人所阻难。由是言之，

日本举国重商

我国兴商之议

愿持商政者，轻虚名、重实权，使商受实利，则气自振，坐收功效有可必者。欧人有言曰：支那人种最强悍也。盖华商不待政府保护，不恃国家法律，只身海外立市廛、创商业者数百万。即以居日本者观之，横滨则四千馀人，长崎、神户、大阪则三千馀人，其他内港行商，不可殚数，谓非智力胜人，能如是乎？若得国家立商部、定法律、专书鼓舞全国，广开商校，罗括若辈子弟陶铸成材，奏予出身，布列于内地关局、外国商埠，总持财政大纲，使有法律可持，则上获大廷保护之权，下无交涉强迫之举，我国商务自足与世界相竞争。今之退让不前者，是不为也，非不能也。

海外华商百万

十八日壬申　晴。清晨，日人藤木显良索画。未初，栗林招试茗于茶商会社。

十九日癸酉　晴。午膳后，日人田中索画。

参观教育馆

二十日甲戌　晴。未正，观教育馆，占地四百九十坪。陈列物品分六部：曰教育，曰学术，曰医学卫生，曰测定机器，曰照相印刷，曰修盖土木。合六部又分大纲百数十，类目则不可详。约自幼稚园、小学、中学、大学、及各专门学校，凡有关于教育、学术之机械、仪器、标本、模型、图画等类，无不细微毕具，以供实验。乃知无学术不从教育出，无教育不从实验始，无实验不从仪器、标本、模型、图画起，故日本学校俱有仪器、模型、标本、图画之室，以助口语所不及也。

二十一日乙亥　晴。

29,5,22

二十二日丙子　晴。巳正，日人津田开、田中岩同来寓，索画。

二十三日丁丑　晴。辰初，偕栗林、藤木、佐藤三人，同往税关监收赛品毕。申正归。

二十四日戊寅　晴。午膳后，入会登望远塔，观馀兴快轮机。机台作圆式，置木马数十头环抱机轮，轮侧立木偶一，服军服，奏军乐，观者纳金乘之，展轮奔驰，有不可羁勒之势，乘者作精神若对敌，转数十周乃止。又观运动场，为体育会所设，备设体操器具，任观者随时练习。盖泰西以体操为体育之课程，即以体育为教武之基础，凡学校无不有体操，无男女、贤不肖，莫不从学校出，即无不可充将来之劲旅，此即军国民之主义乎？日本仿之，虽寻常游嬉，犹寓武教，故十五师团常备兵外，举国之民皆可恃为续备兵，体育之功大矣哉。

木马游乐

学校无不有体操

二十五日己卯　晴。日人大西索画。

二十六日庚辰　晴。辰初，偕胡君洣如及日人国松，观大阪府师范学校之附属小学校。学舍高洁，光线合度，而装饰朴素。创自明治十年，十九年设寻常小学。高等小学、寻常小学内，又附属单级小学，是一小学而分三程度也。寻常小学教科有三：曰修身、国语、图画；寻常之单级教科有二：曰修身、国语；高等小学校教科有六：曰修身、国语、图画、地理、理科、日本历史。其唱歌、体操，则三科所同也。寻常学额三百十名，高等二百四十名。寻常生无学费，高等生每月各纳二十五钱（合中数

参观大阪府师范学校之附属小学校

二百五十钱。其他私立、公立小学，每生或纳学费二、三、五十钱不等）。寻常小学自七岁至十二岁，高等自十二岁至十七岁，名为学龄，无论贫富、男女，必使入寻常小学，日人谓此为强迫教育，期在养成全国人民之普通知识，而俱有爱国之精神。高等则学与不学听之，此校男女生徒合十二学级，以一学级为最高，十二学级为最低，其第十二学级即单级生。第一、二学年之课程，合言之，由单级而寻常，由寻常而高等，自十一学级至一学级，次第而进。分言之，寻常生（合单级在内）自十一学级至七学级时，即其第四学年卒业期也；高等生自六学级至一学级时，即其第四学年卒业期也。寻常、高等小学每级生徒，分科教习，不混列一室。惟单级不然，课程虽分数科，而教师只须一员，合数科于一室以教之，教时当以学生之年限分其坐次，或一、二年，或三、四年，以次分班，毋或紊乱。其授课程亦当分析层级，随时变通。如教一年生习字，则当其摹写时，即可以读本授二年生；二年生读书，三年生即可学诵；教员乘其暇又可授四年生算数。以此类推，则教可不劳，而诸生皆受教矣。但是校单级仅二年即进于寻常科，故单级生仅有一、二班，此乃寻常之单级，非特别之单级。特别单级小学亦以四年卒业，课程与寻常微别，日本町村间最多，取其课程低而易教，规模小而易举，故虽穷乡僻壤，细族寒门，无不能就学之人，无不能立学之处，国之文明其以此乎？中国初办学校，固宜多开小学，尤宜多开单级小学，此定议也。虽

强迫教育

中国初办学校宜多开小学尤其单级小学

29,5,26

然，中国学校不能多设，无他，经费难也。经费难筹，无他，官款少也。考日本学校，有官立、公立、私立之分。官立者，政府以国家经费设立，如帝国大学、高等学校以及农商诸实业、音乐美术各专门之校，皆是此类学校，所用经费甚巨，非一人一家所能创办，而又有不能不设之势，故悉属于中央政府，以便筹措经费，此官立之任也。公立者，府县郡町村市所立之校，如师范学校、中学校、高等女学校、高等小学校、寻常小学校皆是，广土众民不可以无教育，国家又不能筹此巨款，为各处遍立学校，故高等以下之校归地方，自筹经费立之（公立学校有两种，一则遵政府之命而立者，一则因地方之宜而立者。如该地已遵政府之命设中小学一所，而生齿繁盛，向学者多，自必添设中小学，即所谓因地方之宜而立者也），此公立之任也。私立者，非国家所必设之校，其经费皆有财力者筹之，但国家与地方亦有赖于私立学校之补助，此私立之任也。中国各府州县学堂，官费之事则有司存，如得公家私家急起筹办，以开风气。若我扬州方氏读书塾，法亦甚善。费充者则遍设寻常高等中小学，歉者则先办单级小学，再图扩充。每校延一中等卒业生以为教师，仿日法行之，必期城乡市镇各村落，鳞次设立乃止，庶几小学普开，广收教育之效也。

日本官立学校

日本公立学校

日本私立学校

二十七日辛巳　晴。午正，接东京刘君少白来书，谓聚师邀往东京。

二十八日壬戌　晴。酉正，束装，自天王寺驿乘汽车往东京。过梅田，别附汽车东驰作夜游。

二十九日癸未　晴。寅初，过静冈。午正，抵东京新桥，乘人力车赴本乡区弓町八番地本乡馆。聚师出，晤陈君洛书、王君鲁璠、冯君历甫三人。申正，往鞠町区公使馆谒王雷夏师。酉正归寓。

参观东京师范学校

闰五月一日甲申　晴。观东京府师范学校。曰师范学校者，以养成小学校之教员为目的，设置校舍，编订规则，教科书俱定自文部大臣。分学科有三，曰本科，曰简易科，曰预备科。本科学生有男有女，男以四年卒业，女则三年。其男生课程之科目十有三，曰修身、教育、国语、汉文、历史、地理、数学、物理、化学、博物、习字、图画、唱歌、体操。又有加设科目四，曰外国语、农业、商业、手工。其女生课程之科目亦十有三，惟易物理、化学、博物三目为理科、家事二目，馀与男生同。简易科以应寻常小学校教员之急需为宗旨，仅有男生，修业以两年四个月为限，其课程之科目照本科科目，缺去博物学、化学二目，加入理科一目，馀与本科同。预备科者，本科之预备科也，凡检定合格入学之生，必先学预科一年，但来学者于前四月作为试验生，学有进步，拔入本科，否则退学。又入学资格：一、须体健品端，适合为小学校教员之程度；二、须有为寻常小学本科正准教员之免许状及有同等之学力者；三、须男子自十六岁至二十岁，女子自十五岁至二十岁，如有特别事情时，二十五岁以内亦许入学。以上三资格外，有预备科毕业生，可按时升入

学习年限男女不同科目稍异

29，闰5，1

本科，或四月试验生之学有进步者，亦可按时升入。毕业后，各当由地方官指派服务于一定之年限，期满方可自由就职，非有相当之理由而欲免除者，必令偿还学费，此乃举国学校师范之通例也。是日校员某导观各教室，视学科种类、生徒学级以别之，教室外又设有讲堂、图书室、器械室、药品室、标本室、及其他必需之诸室。惜值暑假之期，不见学生之肄业，惟观手工练习场列学生十数人，各安位次习制木具，有教师一高立，持石笔绘器具模型于黑板之上，注明绳尺，示学生按图制造。次观附属小学校，但见生徒洒扫教室而已。附属小学校依通行之小学校令不少异，编制学级与教科书，各视地方情形而定，以供师范生实地练习之用。凡一切教务，由本校教谕兼理，谓之主事，与小学校校长相当云。

师范生毕业有服务年限

二日乙酉　阴。辰正，观高等师范学校。曰高等师范者，以养成师范学校、中学校及高等女学校之教员为目的。分学科有三：曰预科，修业一年；曰本科，修业三年；曰研究科，修业一年。其预科之科目曰：伦理、国语、汉文、英语、论理学、数学、音乐、体操。其本科之科目分四学部，第一部科目曰：伦理、教育学、心理学、国语、汉文、英语、德语、历史、哲学、言语学、生物学、生理学、体操；又设随意科科目曰：法制、经济、音乐。第二部科目曰：伦理、教育学、心理学、哲学、地学、历史、法制、经济、英语、生物学、体操。又设随意科科目曰：国语、汉文、德语、音乐。第三部科目曰：伦

参观东京高等师范学校

理、教育学、心理学、数学、物理学、化学、哲学、英语、图画、手工、体操；又设随意科科目曰：德语、生物学、音乐。第四部科目曰：伦理、教育学、心理学、植物学、动物学、矿物学、生理学、地学、农学、哲学、英语、图画、体操；又设随意科科目曰：化学、德语、音乐。以上四随意科科目，可听学者择其一、二科目，或数科目以修之。其研究科之科目曰：伦理学、教育学、教育制度、行政法、社会学、哲学、美学、实验、心理学、学校卫生、专科教育、儿童研究、教育演习。观于以上三学科，未入本科之先，则有预科以厚其根柢。既由本科毕业之后，则有研究科以资其实验。盖教育进步，系于师范，师范良否，系于师范之师范，则高等师范之程度，故精且严也。凡入是校之资格，如预科生及官费专修生，须由师范学校及官立、公立学校之卒业生，又经文部大臣认可乃行，有中学校程度以上之私立中学校就中卒业生之体健品端者，由地方官荐举，再由校长考取入校。但预科生及官费专修生，每年募集一次后，校长亦得选取体健品端、年学相当于该学级者入校。此外，如私费研究生、私费专修生及选科生之募集章程，必由文部大臣许可。凡学生至第三学年，即使从事附属学校演习教授之实验，卒业后，有愿以自费再肄业分科大学及本校之研究专修选科者，得依时宜许之，否则，即遵文部省指定之年限以服教育之义务，期满后方可自由就职，不然则罚。是日，校员某导观各教室，无学生肄业，亦以暑假故也。晤其校长嘉纳治五

高等师范程度精严

29,闰5,2

郎，闻议国家初办学校，宜多设小学与师范，师范有二种：曰高等，曰初等。初等师范乃小学之母，高等师范又初等之母，其母善则其子必良。欧洲强国若德若法，教法最称完美者，以师范学校多且善也。但高等之方针，须达学问之极点，至若初等教科与中学相近，惟多教育学、教育史及教授法、管理法。管理法与教授法相连，而其所包者广，要其大概有二目的：一则管校中各事，如核分数、定功课、募生徒、用教员、配教授之时刻、定学生之食息皆是；一则管学生各事，如出学、入学、上班、下班，一切规矩皆归管理者督率，然又不可泥定，须视学校之特质而设，如法律学校则注意于法制，陆军学校则注意于军事，逐步改良，方为善法。夫聚多数之生徒，以一师教之其中，强弱不齐，驯劣各异，非有善法不能统一，故师范生必知管理法。师生讲授，期于融会贯通，若教一人而他人不明，授一科而诸科未达，非良师也，故师范生必治教授法。又议小学校教小儿之法，宜使之乐于听受，方能启其心思，养其脑力。中国向来教学专重记忆背诵，其法非不切实，然于教小儿甚不相宜。小儿只解眼前之物，不能凭空思想。如教小儿算术，即须以寻常用物数目示之，教小儿地理，即须以缩小地球示之，务使小儿为学视为游戏之事，一无苦楚，而所教之事，所引证之物，无不明白晓畅，则四年所教，无一句无益处。如止责其背诵，小儿苦其难学，虽受数年教育，必不能有成也。

教法最完美师范多且善

师范生必治教授法

视学习为游戏则无苦楚

三日丙戌　雨，竟日。

参观女子高等师范学校

四日丁亥　雨。未巳、巳初，观女子高等师范学校。规模宏大，生徒咸衣紫裳，彬彬然有学术气。其学科与男子师范略同，惟家政学、裁缝、烹饪，为女子所独耳。未初归。

五日戊子　晴。午膳后，方君舜臣、汪君功甫、缪君子才同来寓，会议扬州乡人游学协助经费。日夕，偶检近所访日本人论初办学校方法，十有九则，记之如左：

一、日本初延外人为师，多荷兰人，后则美国人居多。

二、与定年限，初限三年，随后再续六年、九年均可。

三、骤延博士，无所用之，莫若延师范，先造成小学教员。其聘来之外国人，用之于专门相宜，用之于小学不相宜。

日人论初办学校方法

四、日本之延外国人，非当教师，乃与商办法，故当时只一美国人，以供顾问。此师范学堂办法。

五、日本初办时，新旧法参用，后知其不相宜，又往欧洲考察，得晤其教育大家，回时先开编书局于文部省。

六、小学宗旨，在使通国人民皆有普通知识；至大学校，则以养成非常之才为宗旨。

七、教育在养成人民之爱国心，如有学问而无爱国心，虽有学问何益。观普法战后，始知教战之道，不专在机械，而在人心。

八、日本初欲立大学八所，后未成其一，因躐等

29,闰5,5

故也。

九、日本维新后，将军自整其政，不顾其他。统国后，全国如一，故进步甚速。初办学校以新旧和同为最难，不求新不可，尽弃旧亦不可。

十、进步甚难，非旦夕可期其效，大约一二年间，必无成效，而多阻力，须当事者持之以久乃可。

十一、日本与中国自古讲求文学，自弃其文学实不宜。日本不能尽弃文学，与中国同。

十二、伦理学各有其长，不必求之于外国性情中，学问宜反求诸己，中、日两国一例。

十三、师范及小学教员必须用本国人，外人但供顾问耳；专门及大学教员可用外人。

十四、请外国人经费必多，宜多选人至外国游学。日本现在游学生之乘时得志者甚多，不惟学问增长，亦且推广见闻。

十五、地球教育情形，当以美、德为最佳，小学校莫善于美，大学校莫善于德，俱可派人留学。 地球教育美德最佳

十六、教育之事，首在养成师范，尤须编辑教科书。

十七、女学亦应讲求，日本女学发达稍迟，然家庭教育女子任之为多，实儿童受教之根本。

十八、幼稚园应用女子为师，无其人则以男子代之，究非正办。

十九、教育之进步前途广大，不可限量，有爱国心者，当以为己任。

六日己丑　晴。聚师回大阪。

七日庚寅　雨，竟日。午前九点钟十一分时地震，至十三分止，屋宇摇动如舟在水。晚七点钟复地震二分时，是夜大风。

参观东京美术学校

八日壬辰　晴，风。未己，巳初，聚师从大阪至，午膳后观美术学校。校长正木直彦导观阅览室，列生徒各学年制品标本，有九类，曰：日本画、西洋画、图案、雕刻、雕金、锻金、铸金、漆工等。图画分类四：曰新案（如建筑房屋、装饰、织物各图案之新出图案是），曰临案（临图案也），曰自出稿（截成语写出情景）曰临本（临标本也）。画法亦有四：曰模写静物，曰笔画（与中国画法相似，所异者，日本常用排笔，其笔创自日画家松冈者），曰木炭画（用炭作笔），曰油画（分凸画平画二种用鼠毛笔画之）。雕刻分类六：曰牙制、木制、泥制、石膏制、鍮制、银制。凡制品曰雕金者，非鍮制（格古要论谓：真鍮即自然铜之精，用炉甘石炼成者，假鍮也。真鍮如黄金，烧之赤色不黑云。兹闻合金中如真鍮甚有用云，第谓真鍮属合金。揆诸前说，真否可知。又考合金中真鍮，闻以铜与亚铅各五分炼成云）即银制，制法：平面大物品以鍮雕成画地嵌入其中，浑融无迹，此其长也。所谓银制者，其原质有四，曰银、铜、锡、安质母尼（安质母尼，西洋矿质名，我国湖南矿中亦有之，日本白铜币质及凡白铜物品俱用此，产购自湖南，每百斤约值洋三圆，馀输至日本，近来售价每百斤可值七圆七角），制

29,闰5,8

法与前同。其锻金、铸金之物，或用铜，或用铁，俱先制型模，小品用木制，大品用石膏制及泥制者。余观日本制造家，其能树东方美术一帜者无他，无工不工图画，无工不攻模型，故巧妙精奇，日益增进。正木氏又示以美术莳绘漆器标本，分色二百二十馀类，变化离奇，前日静冈所见者，未能及其什三，然彼重工业争在销路，此重美术争在学诣，二者不可同论也。又考是校宗旨，在养成专门之技术家及普通图画之教员，分学科五：曰绘画、图案、雕刻、建筑、美术工艺。在校生徒各习一科，岁各纳修金二十圆，分四期征收。凡入学资格，须自十七岁至二十七岁之身强品正、试验合格者，若实业学校、或中学校毕业生得该校长之证明者，亦可令其入学。分修业科四：曰预科，修业一年；曰正科，修业四年；曰研究科，修业三年；曰图画讲习科，修业一年或二年；毕业后可听自由就职。

能树一帜无他
无工不工图画
无工不工模型

九日壬辰　晴。

十日癸巳　雨。未初，观警察监狱学校。校长山县伊三郎导观警察科教室，见教习冈田君面南立，口授民事，生徒安位排坐者二百二十馀人，俱有须，肃静无声，各持纸笔，目注教习，耳聆而手录，神不外驰，间有举手问难者，其教习亦循循然告之。次观监狱科教室，见教习野田君课以刑事，生徒百三十馀人。少顷，集生徒于操场，使习操法。时大雨，冒雨操毕，入应接所，山县氏取视石膏耳四十五对，谓人有犯过者，用石膏模形其耳，则缉捕易

参观东京警察监狱学校

石膏模耳识别犯人

得，凡人五官，惟耳不相同，且年老不变，故以此识别，亦创闻也。考生徒类别，有二：曰一种生，曰二种生。分学科二：曰警察科，曰监狱科。俱以五月毕业。其一种生年限四十五岁，如学警察科者，选现任警部及警察官、司狱官练习所教官推荐进校；学监狱科者，选现任监狱书记、看守长及警察官、司狱官练习所教官推荐进校。二种生则须中学毕业，年限三十岁以上，必合警部看守长、监狱书记之资格方可进校。其警察科课程，专以研究民事为目的；监狱科课程，专以研究刑事为目的。卒业后必从事于警察、监狱之职务，其前三年，先当奉职于推荐之长官，盖其郑重警察、监狱如此。

参观邮便电信学校

十一日甲午　微雨。辰初，观邮便电信学校。分学科二：曰行政科，以授监理邮便电信之学术为宗旨；曰技术科，以授设施邮便电信之艺术为宗旨。教务一切属递信省管辖。校长汤川宽吉导观电气试验室，列发电机、电动机、电气测定器、电气变成机各数种，附属送电、配电、电气整顿应用器类，纤微毕具。复导入一小室，室南有牖，蔽以黑帷，下帏则室暗，凿壁置电光发影机一，下帏从室外明处展机试电，倏忽间，星火腾发，汪君茀生以一钱插帽间，照之见钱空悬而不见帽，又试照手臂，透见其骨，而皮肉皆若轻烟，又举试洋伞，则但见伞之铁干而已。闻电光光线所射，惟金铁铜骨可蔽，馀无不透过者。次观电气通信室，分列无线电信机二遥相峙，机侧各竖铁线一，上接白金丝，收发电气皆从此过。展机发电，此发

电光发影机

29，闰5，11

彼收，彼发此收，各有字码印出。闻电行直路，安置电机测定路度一发，则电借空气直行，攒至收电处乃止云云。附录前译《朝日新闻》论无线电信机一节云：电波式无线电信法者，夫泩拉答、马枯苏埃儿、洛独肯频及埃儿等诸人，于学理及实验深加研究，始作基础；而阔吉朴兰林利尼朴浦及铁司辣等，积无限苦心，乃渐启端绪。至明治二十九年，有意大利人马儿阔尼，又于学理及实验重加研究，于是此机大略告成，今始称为无线电信法，广布于世。迩来各国技术家争先讨论，日有进步。日本至明治三十年来，亦研究不怠，海军既以此为兵器之一，采而用之；递信省亦筹画此术试用于九州（九州日本最西南地）、台湾之间。海外诸国则已试用此机递信，横断大西洋，屡试无阻，今后将实用之。而横断太平洋之电机，亦不日试办矣。午膳后，观女子职业学校。占地四百八十馀坪，创自明治十九年。校员某导观图画室，女生作画者三十馀人，分列四行，各对画稿临写，有教师巡回指导，其所不及。次观造花室，生徒以笔晕色于纸，作数种花瓣式，干后裁剪之制而成花，几能夺真。次观刺绣室，女生百数十人，俱席坐地，见绣地各稿本，布景、配色均极精雅，皆即女生所自为，绣与画并工，故艺能高妙，为我湘绣、苏绣所不及。宜乎绣品一项，售出西洋者年得数百万金也。校中教科有三：一曰术科，其目五，曰裁缝、编物、刺绣、造花、图画；二曰学科，其目五，曰修身、国语、算术、家事、理科、体操；三曰补习科，其目四，曰

无线电信

参观女子职业学校

绣画并工

修身、教育、家事、体操。生徒别为三：曰甲科生，修业三年；曰乙科生，修业二年；曰补习生，修业一年。考日本女子，自中人以下无不习工，均能自习其力，举国所以无闲民也。职业科外，又列学科者，欲使处家庭、知道义也。

参观东京帝国大学校

十二日乙未　晨雨，复晴。巳初，观帝国大学校。分科六：曰法科、医科、工科、文科、理科、农科。考其大要有二目的：一则造就实用之人材，一则研究高等之学理。如法科学生，讲求法律，卒业之后，或为辩护士，或为高等官，皆实用之人材也。学士、博士，著书立说，皆高等之学理也。理、文诸科，亦复若是。然二者之中，专重学理，不重实用。实用之人材，取之各种专门实业学校，已敷国家之用。大学惟在养成高等教员，以成纯粹之学质而已。是日，观工科大学。学长辰冶金吾导观土木工学科室，备列应用机械、及材料装饰各模型；次观建筑工学科室，有铁道桥梁机、关车受渡车各模型，逐部剖解，以示机巧之所在；又列筑堤模型不一类。其筑堤根有三法：一曰沉床工，用松树编制木棚成方格，每格中载置块石，沉诸筑处，使立堤根实地；二曰罩床工，加编木棚，载置块石覆压沉床之上；三曰柴工，编制柴棚，层累砂石镇压罩床之上。三者成则堤根立，再施石工。凡建筑堤埂，其法先于堤埂之外，水流急处，以篾篓盛碎石，沉诸水底，层累而上，作斜坡式，高接堤埂。盖急流经石篓一过，则冲堤之力减。复于石篓之外、水流急处，排插木

工科大学

29,闰5,12

栅，先破水势以减石篓受激之力。其模型大略如是，其详不可知也。次观理科大学。学长箕作佳言导观化学科室，时值休息，无练习者。观光学室，内附暗房，凿小孔于壁吸入日光，内设凸面镜，见引光透过，集合成点，又试凹面镜，见引光透过，散而不集。闻光线所射，必屈折于厚部分其透过乃能相集成点，不然，则否。今凸凹两镜之中心，既厚薄不同，故透过之光乃异云云。次观地震灾患预防室，室基宽而上渐削，内列地动机数具，曰倾斜记，曰强震记，曰地动记，曰简單地动记。每具表面均列时表，有磁针转动，若自鸣钟法条然，如地将动，观其磁针所示，即可预算动于何时，及动时亦可辨别为水动、为上下动之异。昔考地壳收缩，地热在内，欲发散而为地壳所压迫，遂生震动，故地壳有时时轻微之震动，非用极精密之试验器，不可测知。今观于此益信其说不诬。又闻：地球惟北极无动时，舍此固无不动之处，而日本之地，则时时震动惟尤甚焉。观其磁针所示，日无休息可知矣，第小动人不觉耳。考磁针之动有缓急，急之至，约自六时至十二时间地必震动，此为屡试之确证也。次观植物室，教师某取一极细海草如毫末，使观者以二百四十倍显微镜窥之，其大如荷梗，周围有呼吸孔，云物不论大小，必借空气以生，第空气生物，物亦必有翕受生气之处，此草呼吸孔即以受生气也。又窥一细叶，亦多呼吸孔，谓此孔日则闭、夜则放，以吸炭气。理化家谓：空气中有氧气，有碳气，动物非氧气不生，植物非碳气不生。动物所须食物曰有机

理科大学

显微镜

质，米麦等类是也；植物所须食物曰无机质，碳气是也。碳气出于动物所吐之分解血液气，植物吸入以为生，而后化为有机质，乃放出氧气，以供给动物，此二者循环相成之理也。故凡多树之地，氧气既多，碳气自少，最有益于卫生。泰西人、日本人房屋，不论大小，咸苍苍郁郁，花木四围，知其资于卫生故也。

动物标本

次观列品室，列各国动物标本六千馀种，有海棉一种，状若棉，长丈许，生百寻海底，称为近来新得之产。

植物标本

又列各国植物标本近九千种，又列各国古今地层史各矿物标本九千馀种，观者目眩不可枚举。以标本助研究，其益最多，徒读古书者，乌能发皇耳目哉！

参观医科大学

教育重实验医学尤甚

十三日丙申　阴。辰初，观医科大学。学长青山胤通导观人体剖解室，人体逐步分陈，无微不具。泰东西教育重实验，医学尤甚，每诊一病，察度病源应在何部，或临诊剖视，或死而剖视，必实得之以资学理。观内科诊察处，分专科八：曰眼、耳、鼻、喉、齿、产、小儿、妇人，亦附剖解室。产科有胎儿标本十种，自初胎至足月，均具。又列脑剖最多，色俱灰白，分上下部，上部大两半，下部小亦两半，小脑上连大脑，下连脊髓，脊髓亦曰延髓，为神经所自出处。观诊察堂，有病人来诊，有床如车，由病室载运至堂，医师诊察入微，虽子弟于父兄不若是勤恳也。供役者俱妇女，白衣冠，看护病家亦极恳挚。凡看护妇，咸知诊脉及饮食起居尤忌，每日录报医师，非曾研究医学考取者，不能为也。青山氏曰：敝国维新之

29,闰5,13

始，即派生徒往欧洲学医科，故近世医科之发达，舍德国而外，无有能及敝国者云。

十四日丁酉　雨、大风。

十五日戊戌　风雨未已。

十六日己亥　雨未已。

十七日庚子　雨仍未已。

十八日辛丑　晴。辰初，观农事试验场。有硝子室，有试作物保存室，有农艺化学实验室，有植物病虫害实验室，有烟草火力干燥室，有烟草空气干燥室，有麦稻试验圃，有烟草桑茶各试验圃。场务凡分九部：曰种艺，曰农艺化学，曰昆虫，曰病理，曰烟草，曰园艺，曰报告，曰庶务部。各有专任之人，亦各有规程。场长中村彦氏导观陆稻试验圃，稻方幼，画畦成陇，每陇植稻一行，值东历五月下旬时，树稻于麦畦间，六月收麦后，稻将壮，九、十月间成实，实与水稻等。次观植物虫害试验室，列各种害虫、植物病体图画标本，及驱虫药剂（药剂列表于后）不一。类此试验场，主试验植物受病及受虫害之情状，或移植物于盆，以察其致病之由，或捕取害虫，以察其害物之状，察有所得，即分别以药试治之，治之验即登诸书册，传授农人，以为方法，其意密矣。次观试作物保存室，技师选最良之苗种，种诸苗床，考验栽培之新法，又辟隙地为数区植诸苗，各罩以玻璃笼，可避风雨而透空气，逐日观其生机，以资学理之实验。及成熟后，某种效验何如，亦详记之，传之农人。其他各试验室，未及遍

参观农事试验场

植物虫害实验室

览。惟考场务规程大略，十有五则，记之如左：

农事试验场场务规程

一、农事试验场属农商务大臣管辖，所掌之事务如左：

甲、增殖农产，试验改良；

乙、调查利病，讲导方法；

丙、分析鉴定土壤、肥料、农产物、农产制造品、及农业所关之物料。

二、设置职官：场长一员，技师四十员，技手三十七员，书记十七员。凡场长选技师充之，应遵农商务大臣之指挥监督，管全场事务；技师、技手管场务，各有专任；书记则管理庶务。场中自技师以下，各遵上官之指挥监督。

三、农商务大臣可任各地遍设试验支场，支场之教员，应由本场派出，分掌事务。

四、本场及支场之名称、位置、管辖区域，应依农商务大臣所定之限制。

五、本场场长，应照所定官制，付与各员责任，使各从事场务。

六、支场场长，应受本场场长之指挥监督，办理全场事务。

七、本场场长及支场场长，遇有事故离场，则命所部官吏代理事务，第不得尽委代理，自弃义务。

八、本场及支场所部官吏，如有归省、省墓、移家、疗疾各事，请假者必视本场长及支场长许可乃得行。

九、本场长月俸二十圆，又日给五十钱（合中数五百钱），专供用佣员之经费。

十、凡有试验成绩，场长应审查编纂报告农商务大臣，如属紧要试验成绩，则当临时报告。

十一、本场长及支场长得受各官厅照会，任其往复通行所管之事务。

十二、凡需办农谈会、讲习会、品评会、共进会、及场员出游、调查农事等诸费项，由本场支场白本场长，本场长许可乃白农商务大臣，候其许可，乃得实行。

十三、凡分析鉴定之事，如有结果之效，本场长及支场长与各担任者，应共署名于通知书中。

十四、本场支场许见习生入场习农事改良之方法，其见习费用则自备之。

十五、报告农商务大臣之事，俱由农务局专任经理。

附列驱除害虫药剂略表

<table>
<tr><th>名类</th><th colspan="2">制法</th><th>用法</th><th>除虫类</th></tr>
<tr><td>石油</td><td>以石油和水</td><td colspan="2">值雨露后散布田间，如稻田虫除后，即注水使油流出。凡稻蓝粟类苗田十步用石油五勺以内和水散布，本田一反半用石油八合至一升五合和水散布，如除绿色浮尘子，其用量须过三升。反步注前。</td><td>苞虫椿象虫浮尘子类</td></tr>
<tr><td>菊粉</td><td colspan="2">取黄色野菊花晒干、研粉，和石灰三四倍</td><td>投和石油一昼夜后使用</td><td>各种虫</td></tr>
</table>

续表：

名类	制　法	用法	除虫类
石油乳剂	煎沸汤五合，投石碱十二两至二十四两，加投石油一升，混合搅拌成糊状使出液	用原液三十倍化五十倍	同前
菊油合剂	以石油一升几分加投菊粉一合至二合混合出液	同前	同前
烟碱合剂	热汤五升，烟草末六十两，石碱百二十两混和出液	用原液化一为二	各种螟蛉虫类
青酸瓦斯	硫酸十二两，青酸加里十二两，投二倍水化之，置密闭器物内用瓦斯发生一时三十分放出	如上分量可布三百方尺场所布散室内亦免生虫	介壳虫类及越冬斯儿绵虫
硫化炭素	用原质百二十两，置密闭皿内，投二倍水化之，自然蒸发二十时及三十六时可用	如上分量可布一千方尺场所布散仓库免生虫	同前。从地注入可驱蚁根

参观蚕业讲习所

十九日壬寅　晴。辰初，观蚕业讲习所。技师林驿作氏导观桑秧试验圃，插桑秧百数十种，俱以产地立名，分类甚多，细察之，仅有市平、鲁桑、鹤田、赤木、细江、十字文六种而已。次观陈列室，列丝茧标本，有琉球产，有高丽产，有佛兰西产，有意大利产，有我国粤、蜀、绍兴、震泽、嵊县、溧阳、新昌、馀杭等处产。察丝茧之光泽，精白无过我中国产，惟制丝之法，彼能考究无遗，故

29,闰5,19

所列标本精细均匀，本末如一。有丝一种，精细而白亦光润，乃用亚麻制出，非真丝也，以似夺真，制造巧妙。次观抽丝室，列抽丝机五十馀座，每座以一女学生司其事，机台、机轮俱简便，各有自来热水注入丝锅，每茧一丝，排系机轴分抽之，不相杂，间有断者，随接随抽，故抽出之丝精美如一。次观养蚕室，或十数房相联，或四、五房相联，均高燥，四周悬草帘可启闭，光线合度，室内距地尺许，铺盖木板，藏置火炉，透出温气，左右分搭木架各一，横分八档，上下分三层。每档置养蚕席一盘，席底榇糠加铺桑叶，合左右共四十八档，可养蚕四十八盘，盘各方二尺许，合四十八盘可置蚕四万。自幼及蜕，须食桑叶二千馀斤，应出生丝合中国数七八斤。一蚕房置生徒一人，即敷照料，又观桑窖，掘地若隧道，引入光线。盖采桑值天燥之时，即藏桑叶于其间云。本所学科有二：曰养蚕，曰制丝。分讲义、实习两大纲，各附细目数十，以为二科之课程。生徒程度亦有二：曰本科，男女生徒俱二年卒业；曰别科，男生六月卒业，女生则十月也。但无论男女生徒，虽已卒业，均当研究练习于所中，以三年为度。未卒业，纳学费；既卒业，则不纳。优者赏，劣者罚或退，视功过表为衡。此又日本讲习所之通例也（学校亦然）。余问林驿氏蚕桑改良要法之所在，答曰：讲习所之宗旨，专增长学理，故研究必求达极点，而实行所学，尤宜先访故老，求其身所经历之实效，再参新法变通之，乃能获益；如但求新法，不考往日实效，设有不精，反害全

抽丝机以女生司其事

蚕桑改良要法

局。日本蚕桑改良之初，尽弃故智，专用新法，不验甚多，转为障害。农事亦然，不可不审也。

二十日癸卯　雨，竟日。

二十一日甲辰　雨复晴，燥热。

参观印刷局

二十二日乙巳　晴。辰初，赴王子观印刷局制纸部。局长得能通昌氏导观漉纸室，列涝纸机械四具，极大。机械涝纸俱用铁丝帘，漉成之纸以机平卷抽出，经脱水器一过，纸质即干，随由机卷纸成轴，可卷至数十丈。次置诸压光机，压光后裁彻收贮。又观造纸原料，列二十馀种，曰三椏、松肌、雁皮、桑皮、楮、竹、麻、棉、麦、藁、亚麻、蜀黍、山楮、樱楮、莨瑞、香皮米、俵稻以及藤葭、藤蔓、茗、荷、蒲、柳、桐、柏、合观、木伊、辣草（日本字作イラ草，出日本北海道，状如麻）等类。其制造之法大略有四：曰蒸，曰解，曰煮，曰晒。又列药料

药料矿料产自中国

五：曰枇杷树、杨条药、六月冬、鸡毛冬、象子肖，俱我国产也。又列矿料三：曰炭酸、曹达、白碱。白碱有三类，亦俱我国产也，一购自直隶，一购自湖南，一购自常德府。观场中现用之纸料，以稻藁为最多，次则朽布而已。分解草料，先理清成把，次去穗，次细截，次蒸煮，次漂白及晒干。临漉时，方投药剂，布料仅投强水，蒸之即溶化成纤维之料，和以药剂，便可涝纸。其他原料未见试用，想需用大宗，亦以草料、布料为多也。午膳后，偕

九段劝工场

汪君苇生、刘君少白观九段劝工场。中辟总门，从左道进，十数转折，出自右道。内列工艺、物品、定价、待

29,闰5,22

售、鬻物人，各自管理，若小博览会然。举国交通市埠，无不设立斯场，以比较工业进步。我国议开赛会，程度尚不及，若先遍设劝工场，亦足鼓舞工业也。申正归，晤齐君佩之、汪君楚生、洪君俊卿、陆君仲芳。仲芳者，名士芬，曾在日本商业学校毕业，述所谈如左：

商业之要三： 商业之要

一、运送

运送妥而速，商人便利，获利始厚。如整顿汽车、汽船，使条理井井固要，已而到岸、到埠时，提负之苦工，拨运之小舟小车，尤宜着意。勿欺客，勿损物，勿延搁，乃善。

二、银行

银行皆商办，而大藏省监督之，偶有以公家之金补助者。

银行有三种：

一、普通银行，商家藉以周转者；

一、贮蓄银行；

一、农工银行，借农业工厂之支信，其周转最缓。

三、保险

保险利商极大，人命、货物、房屋皆有保险，则人皆相信，附股者众。

二十三日丙午　晴。未正，赴公使馆访王雷夏师，不值，晤冶山蔡君鼎臣、柱臣。

二十四日丁未　晴，大风。午膳后，赴成城学校，访方君舜臣、洪君俊卿、齐君佩之、汪君苐生，俱不值。酉初归，阅《朝日新闻报》论对俄宗旨，译之。其言曰：俄人之目的方针，在建立太平洋帝国，并尽夺东清铁道线路左右，及旅顺大连湾沿岸土地，攘取清国本有之主权，更乘机渡鸭绿江蚕食朝鲜之主权，而先决裂日俄协商之事。此皆无可疑也。然今者俄政府对清廷之新要求已打消矣，满洲开放之证言已明白矣。当此之时，英、美二政府用心极深，其政略又极坚固，不可不知。我日本之政策，亦不可居此二国之下也。然则三国果达如何点而后满足乎？曰：俄国改其目的方针，实行交还满洲之条约，撤去占领满洲之军队，满洲之民仍归清国管理，于上海通商条约之谈判，不加妨害，但守其既得之权利而已。庶几其可乎？

《朝日新闻报》论对俄宗旨

二十五日戊申　晴。未正，赴公使馆晤王雷夏师，出示日本同文会长、公爵近卫笃麿致我国庆王、王相文韶、瞿尚书鸿礼、张制军之洞、魏制军光焘诸大臣书，及策一通，录于左：

《近卫笃麿致中国政府书》

近卫笃麿致中国政府书

某君大人阁下敬启者：比年来，贵国变通振作之新政，纲举目张，行健自强之大用，日就月将，加以俄国载盟撤退有期，中外士民无不额手翘足，以图关外肃清之日，亚东安定之局。下怀慰藉，欣忭未遑。忽闻俄人系恋占据之利，不即履撤退之信，敢蔑如前盟，更有所邀请。噫！息壤在彼，曹沫安在？是可忍也，孰不可忍也！俄人

29,闰5,25

陆梁为日久矣！其望蜀之心，萌于雅克萨之役，形于爱珲之盟，著于北京之约，贵国朝廷不忍使边民重困于纷争，遂使黑龙江上之地投畀之，而犹歉焉，未满其欲者，此其志非小也。一旦贵敝二邦阋墙于辽东，彼辄乘厄市恩，假名租借，而占旅大两口，藉口铁路而攘关东三省，及拳匪骚扰畿辅，则肆然设官司，布政令，建都邑，筑营垒，修炮台，治军埠，发矿山林樾之利，驱使贵国吏卒，奴役贵国人民，视贵国三省如自家外府，视他邦商旅如敌军奸细，其横纵恣肆，天下正义之所不容，列国公论之所不假。幸赖贵国朝廷持之于内，敝邦与英、美争之于外，痛加警策而求其反省，而彼不复能掩其肺肝，然犹左枝右梧不肯改图，及万不得已，乃枉意矫情，始从撤退之议，安知非其所讲于曩者立约之日耶？夫撤兵一约，贵国之长城也，东亚大局之保障也。今若误听于俄人，使其得渝易载辞乎？虽则一言半句之损益，已足以坏全文，而为一张之故纸矣！况乎俄人变诈百出，形凌势邀，得步进步，以逞无餍之求。而环伺列强，又群起而从之，则不啻关东三省，非复贵国之有，即东亚大局之安危存亡，亦未可知。已顾俄人所长，虚喝耳，谲诈耳。虚喝可以施于怯者，不可以施于智者；谲诈足以乘人于卒，不足以乘于有备。且夫俄之能为患于东亚，不在乎今日，而在乎数年之后。何则？其所谓西比利亚、满洲大铁路者，施备未完，营作极粗，未足以运大兵于四方也。其所谓东洋舰队者，见存之数不甚大，新造之工未及半，未足以制劲旅于东洋也。加之国帑乏竭、度支困绌，强邻逼于外，穷民怨于内，未足以发大难于东陲也。今日之势，在彼为至不利，而在我为尤易与，彼亦自知之，故常弄其惯用手段，叫呼咷踉以张声势，因循维持以延岁月，待其所谓极东经营之成，欲因以伸其所大欲者，此其情势然也。今者，敝邦与英、美方且仗义抗争，无所宽假，他列国则拱手观望，无所支吾。当此时，贵国果能执正不少动，责信不少让，则情露术穷而技止此矣，欲不撤退宁可得乎？倘其顽梗不屈，猖狂无悛，以至妄启干戈乎，此则和平之敌也，公道之贼也，自求陷于死地者也。我当旗鼓堂堂鸣罪于天下，与四方正义之邦共讨此恶耳！何畏之有？虽然，今日之势，当其局者贵国也，当其冲者亦贵国也。贵国之一举一措，东亚之治乱大局之安危系焉，切望果断勇往，勿虑懦夫庸人之议。愚又思之：夫俄者，轻信义、尚功利之国也。今也才过二次撤退，而三次撤退之限尚在六阅月之后，彼其于今日也，且已有涩滞不肯之情，则今后六月之间，其将以蓄隐谋讲诡计，或设辞而迁延，或托故而淹留，或发难事而劫之，或示威武而吓之，恫疑恐喝、欺骗百端，欲以破前约于纷纭葛藤之中也。征之既往之迹，甚昭昭矣！果然，纵使俄人才了再次撤退之期，为贵国计者，未可以高枕而安卧，必须声明四海，开放满洲，举三省之地为五方杂处之地，列国均沾其膏泽，各护其利权，交相箝制，交相禁格，而贵国居其上游，坐秉钧衡，则虽有骄傲桀黠者，不复得而私垄断焉。以愚度之，塞俄人强迫之路，开关东肃

开放满洲列国均沾交相禁格

29,闰5,25

清之门，殆莫安固径要于此也。伏惟贵国庙堂，素不乏于宏谋大猷而杞天之忧、宋芹之诚，亦有不能自已者，辄自忘越俎之罪而有是说焉。满洲开放策一道，仆曩昔与同人讲求而筹度者，今并献于左右，伏请赐鉴。近卫笃麿上言。

《满洲统治策》 满洲统治策

清国时局孔亟，朝不测夕。可虑且可虞者，不一而足。而其可最虑而最虞者，莫俄占有满洲为甚。不欲保全该国则已，苟愿保全，不可不使俄人撤退满洲也。然欲使俄人撤退满洲，在今日属万分难行，唯有一法，即将该地洞开，俾列国商贾自由贸易，不设限制，凡铁路矿山渔业等所有利权，一体均沾，不得厚于甲而薄于乙，庶几彼此互相牵制，一国不能独逞其欲壑，所谓敞门通商宗旨是也。施设敞门通商宗旨，不可由常，须摆脱从来拘迂之见，创建一种新法，其节略开列如左：

宗旨 新法宗旨

一、废撤从来（东三省）三将军，并合三省为一省，置总管府以治之。

一、府中军政、行政、司法（讼狱）三权须分立，以昭权限。

一、总管府设顾问（或作参政院）、大理二院，任立法、讼狱。

一、总管府立民、兵、财三部，分掌民政、军防、度支事宜。

一、总管由宗室亲王中简放，凡各部官吏抡选中国俊才以充之，无满汉之别。

一、各部聘用外国人之隽异优秀者，为顾问官教师以备谘访。

一、上开变法各项稍就头绪，将牛庄以下各海关撤去，使各国人自由来往贸易。

一、既准各国人来往牛庄以下各口岸自由贸易，须一面于山海关及蒙古地方设立税关以为讥征之地。

一、无论矿山铁路等利权，准外国人一体均沾，其购买田产及自由栖住，均一例允许。

新法梗概

新法梗概

总管府二院及各部职制开列于左：

一、总管府为统治满洲之处，故一切全权揽于该府。

一、顾问院专任立法，为参与总管一切机务之处。

一、大理院为讼狱总汇之处，且兼颁司法警察之事(警察有二：曰行政警察，保卫闾阎，防弊杜害于未萌者也，曰司法警察，摘发钩距廉查罪状于事后者也)。

一、民部为地方行政之总汇，办理河湖、道路、户口各事宜，外兼办保护农工商之事。

一、兵部为兵权枢纽，专办边防、弹压土匪。

一、财部专办租税事宜，外兼监矿山、森林、原野，以为保护其利源之地。

一、总管府各衙门定员如左：

总管府

29,闰5,25

总管一人　　协办二人　　办事官如干人

顾问官

顾问官十人　　办事官如干人

大理院

审官十人（以清国三人外国人七人为额，其一人为院长）　　办事官如干人

军部

大臣一人　　参赞官二人　　办事官如干人

财部

大臣一人　　参赞官二人　　办事官如干人

立法 立法

国家既洞开满洲门户，关市讥而不征，五方之民必纷然沓至，一廛于此者必多矣。治若辈不可用支那旧来法，宜变通成法，参以西律制度新法，由顾问院拟案付各部大臣，各部大臣与顾问院酌议，从多数决定，更由总管公布中外，以昭公平。

司法（即狱讼） 司法

新法既设，一切狱讼须从其所断，庶几得公允。但有治法而无治人，未为尽善尽美，毫厘无憾也。听讼之官，须精通律学，广晓外国语言事情，而后使两造心服。所以，大理院官吏宜任用中外异等之材，不专任华人。

一、大理院为至高听讼之所，该院所谳断为定案，不得控诉。

一、大理院设于奉天府，各地方则设按察使衙门以隶

于该院。按察使每衙门以三人为额，不妨用外国人充其选。

一、两造并为外国人或其一为外国人者，由按察使衙门审理，其系初审；且两造均为华人者，姑由地方官处断，但两造之一人不愿地方官审理者，由按察使衙门处断。

一、不服按察使处断者、及被地方官吏枉屈者，许其控诉大理院，以昭雪冤枉。

行政各部

行政

民部

一、将全满洲区分盛京、吉林、黑龙江三部，每部置布政使一员，统督管内民政。

一、地方行政区划，率由旧章，无庸变更。各府厅州县置知事官一人。

一、厅以下镇、堡、村、邑，须仍旧贯，勿庸纷更。即如保甲制度，法良意美，宜存此以维持民心也。

一、行政警察（参观前项注）由镇、堡、村、邑办理，州县责其成，斯可矣。

一、各省以下，除狱讼、军务外，不别设专任之官，由地方官一体办理。

兵部

一、军队用募兵之制如旧，但其式参酌文明国兵法折中。其宜别为一式，从其训练。

一、全洲兵额，以六十营为限。分驻防区域为盛京、

29,闰5,25

吉林、黑龙江三大区，每区置都统一人统之。

一、驻防大区更分数小区，每区分派兵士，置将领统之。

财部

据光绪十六年报册：营口一口贸易额不过九百六十三万两，至二十五年则有三千二百二十三万八千两之谱。该口所入之国税，每岁约有五十万两，为政府进项一大宗。论者云：将营口为自由口岸，不征国税于政府有损。是未通大局者之言。彼不知列国商民来往此地，所入内地租税偿关税有馀也。今将将来进项大略开列于左：

财政进项

一、木材

兴安岭、伊勒呼里山、长白山、完达山、长岭子、松岭子诸山，皆富于良材，巨木参天。开辟以来，斧斤不入，绝长补短，其面积可以上二万三千三百方里，如能按年轮伐，出售可获二百万两，其利无竭矣。

二、拍卖未开垦之地

东三省土地膏腴，弥望无际，为世界最丰最沃之区。而其既经开垦者，仅不过四万六千三百方里，即为全面积二十二分之一。今将河川、山丘、森林等置之不算，其可垦之地犹有十四万方里，将此测量区划，拍卖与内地人民，将十六年为功程，每岁约可得五百万两。既经开垦，则从而征地租，其所入，不独止此也。

三、矿税

盛京富于煤利，既系世人所稔。闻吉林、黑龙二省，砂金极丰，其他五金之藏于地中者，不可胜数。政府定矿律，准内外人遵其法开采，从而征其税，岁可获五十万两。

四、人头税

东三省现在人口计有千二百万，如能洞开口岸，招徕远人，不十年而至三千六百万。今将其半算为老幼废疾，其半可自立者，每人年征一两，每岁可得千八百万两也。但人口税者，从人口而乘除，不可望骤多，与拍卖地段三项相表里，不可不知也。

五、地税

满洲土宜以农产为大宗，即如黄豆、豆饼、豆油、蓝靛、烟草、土药、高粮，其尤著者也。政府从来宗旨，在抑压一切土产，皆于内地厘卡重税，以为敲朴之谋，而不知苦民，兼损于政府也。故自今而后，内地一切通过税宜废撤，代以地租。从来政府所入地租，唯有五六十万两，如加之以将地开垦之地段，可增至二百万两也。

六、盐税

渤海沿岸产盐之地甚多，现在所征税项，仅有三十七万五千两。如至户口蕃殖，必增至七十五万两矣。

七、火酒税

北方各地酿火酒者尤夥，其值每岁上于一千万两，如征其十方之二，犹可得二百万两也。

八、土药税

阿芙蓉之害，无庸赘述。如撤关不征洋药之入于内地

29,闰5,25

者，百倍今日矣。盛京产土药不少，宜防微杜渐，以保卫民生。但禁烟宜缓不宜急，其法在使捕房就各户一一查核食烟者，从重课捐，既节其欲，亦有益于进款。今设为全三省吸烟者二十万人，每人年捐五两，总额有百万两之额。

以上八项进款，总而计之共有三千一百二十五万两。用此绘测全洲，开凿道路，浚渫口岸，并及军防行政各项，认真办理，而国家不富强者，未之有也。

二十六日己酉　晴，燥热。酉正，雷师来寓，留晚膳。

二十七日庚午　晴。未正，地震。偕刘君少白游上野，观动物园，古木丛深，碧云如盖。内列茆屋铁栅数十座，豢养兽类有：虎、豹、狮、象、熊、狐、猿猴、麋鹿不一种，产自亚、美、非三洲者多。又见我国安东家猪、旅顺大连湾驴马各一。鸟类甚繁，有食火鸡一种，食火吐气，色黑，较大于鹤，而羽毛极枯槁，间鸣其声，渊渊然。《洞冥记》谓：岛夷以其卵为酒器云。又有驼鸟一种，非洲产，色灰黑，高三尺许，长颈，二足，背若驼，可骑以走砂，健若骏马云。次游浅草寺，观水族馆，鳄、鳖、海驴、玳瑁最大。有养鱼室，从室外叠石成池，设玻璃水管泄陈换新，池侧面障以玻璃，旁为岩洞，屈曲而入，若身入海底，诸水族俱游泳墙壁间，而光明洞彻，无幽不睹。次观动物馆，有狒狒一，状如人面，长唇，灰色毛纷披若衣蓑，嵩嵩然善笑，力最强鸷。馀与上野所见略

参观上野动物园

游浅草寺

似。归睹西乡隆盛像，甚雄伟，手牵一犬，距上野王台山冈樱花丛中，都人游览会萃之地也。晚膳后，赴同文书院，访王君冶山。亥正归，同人晚订二十九日回大阪。

参观帝国博物院

二十八日辛亥　雨。巳初，偕刘君少白观帝国博物院。列馆四，曰天产、历史、工艺、美术。每部分门别类，浩博无算。参阅一周，如读博物志。观历史部上古遗器类，列周、秦、汉、唐遗器，有卣、有匜、有钟、有鼎、有壶、有觯、有彝、有甗、有尊、有鬶、有爵、有鉴、有洗、有筒、有瓶、有方、有策，附列古钱、古剑、古琴、古镜，不下数十百种。有纵琴一，长五尺许，二十五弦，鼓时立抱于怀，左手持柱，鼓以右手。次观绘画书籍类，列唐玄宗《纪泰山铭》墨本，及唐宋名人墨迹甚富，其日本名画，俱揭伊尹、傅说、张良、黄石公、房玄龄、杜如晦、陶渊明、林和靖各前贤故事，著为画稿，列数十百幅。次观外国风俗类，见支那风俗，女子履鞋、鸦片烟具、及逃兵各模型，不忍殚述。吁！为彼所形容一至于此，人侮乎？抑自侮也。申初，偕李君拔可同访雷师，告别。余过神田区铃木馆访缪子才，子才赠日本刻《大云山房文钞》二册，甚精工。日本画派祖南田者多，兹阅子敬文，亦为日人所珍，可谓善学也。

出游江岛

二十九日壬子　阴。午正，偕李君拔可律阁乘汽车游江岛，过藤泽，易电车而往。酉初，乃至。见岛孤悬于海中，未至岛里许有砂阜，横亘海滨，至岛必经之路也。数人跻屐而过，砂深没胫，滑甚。已登数步，忽乘砂复下，

29，闰5，29

又作气鼓勇，乃得上砂阜。与岛中隔海水架木桥数十丈，过桥乃至岛中。是日，新雨初霁，苔径幽滑，羊肠十数折，跬步间惧欲坠。日将夕，乃至金龟楼寓焉。楼据岛之腋，凭栏远望，万里空碧，远岛参错于暮色间，不可辨也。是夜无月，星光睒睒来照窗几，冥然而坐，时闻琴声，出于松杪与海涛相涵答，古穆幽远，岂古之成连尚在人间欤！

六月一日癸卯　晴。晨光初动，主人导游沿岛之麓，小憩中津宫，有铁树一株，高二丈许，循下原，跨蜂巢。游莲花池，越土原，观植物园，柴扃掩闭，叩之不开。自是而东北，石径险窄，亘三百数十步，右滨海，左环西浦港。稍进，古木障蔽，疑不可前。又数武，见石壁横截，排闼径入，则山家神社，别有洞天。援石壁行八百馀步，循岩屋道叩奥津宫。又折而上，乃登岛之颠，东望武总、房州诸山，新日杲杲然，从山峰缺处浴海而出；南望伊豆各岛，篸篸玉笋，插布海中；西望足柄、箱根诸山，俱盘纡秀郁，不可名状。惟富士之山，卓然为日本诸山冠，高二万三千尺，其主峰皓白浮天际，终岁积雪，虽酷暑如故，或云非事，白沙也。飞云互山腰缥缈变化，放眼一览，如读《大人赋》，有飘飘凌云气。顷之，折而下。主人谓岛之阴，更有奇境在焉。至儿渊，复折而西北下行五百馀步，又折而北下行三百馀步，及岛足。踏海波行，仰视绝壁，孤险峭峙于云表，纵观巨壑，怒潮雷撼，汪洋浩淼，莫知其所止。稍转，忽见石壁间，凿开羊肠道，宽一 江岛风光尺许，道外驾木栅，可扶攀援而上，或高或下，或曲折，凛乎若临渊，若履冰。殆二十馀回，忽见硝石陡悬，阻道不可凿而行，乃从左侧驾木桥十数丈，纡回转折，行至岛阴。有石洞一，曰御窟。购券而入，入时有沙门司祝祷者，游人各纳金十钱为上香面神，合掌诵咒毕，挥麈拂游者尘，赠烛火，持之入窟，深四十馀丈，宽二丈许，分二道，右入左出，内列石佛二十五尊，泉声瀌瀌下泻于海。主人所谓奇境者，诚奇矣哉！少顷，从原道回，经天台山而下，过镰仓小学校，有生徒数人，躬扫洒事，盖寻常小学校也。吁！海中一岛，居者落落如晨星，而教育亦必及焉。其堂宇结构于山水窟中，近吸波光，远饮山绿，尤可慕也。巳初，返寓。午初，往游箱根。乘电车至藤泽，附汽车至国府津，复附电车西驰。未初，至汤本寓万翠楼。顷之，大雨如注，至夕不已。观国府津之西，激涧萦纡，崇冈环接，极有可观。惜电轮飞驰，不能寻览。既及寓，登楼见群山拱挹，万木浓阴，有飞瀑七十馀丈，自玉帘泷倒泻而来，循石蹊奔腾下注，声若隐雷，尤奇景也。旅馆内导箱根山温泉为浴室，常流不绝，温滑可浴。

游箱根

返大阪

二日甲寅　晴。大雨未已，枯坐无聊，余自箱根先回大阪。巳初，冒雨乘电车至国府津，易汽车西驶。日夕，至大阪天王寺，归江楚事务所。

三日乙卯　晴，燥热。

四日丙辰　晴，燥热。晚膳后，李君律阁拔可从箱根回，闻箱根山气严寒，非衣棉不可以御，故游屐未穷其

29,6,5

奥云。

五日丁丑　晴。栗林氏索书画。申初，入会观威达舒图，耸高台于巨泽畔，自上及下作倾坡，悬绝如壁，游者踞其颠乘小舰飞下，直冲入水，震撼若雷，雪浪高腾，水崩见底，此时闭目坚坐，顺乎急流，莫知所往。少顷，穿出浪花，细桨轻摇，溯流而上，险极亦快极也。晚膳后，入会观灯，士女塞道，履声践踏，喧嘈震耳。见五色浮图，与望远塔对峙，放电光，光芒远射，山海皆明。各馆设电灯数千盏，随其形势密布之，振彩腾光，结成楼阁。惟美术馆据茶臼山脊，灯光上烛，高入云表。尤奇者，各馆门额曰“某某馆”，会场门额曰“某某场”等字，悉以电火攒聚而成，时明时灭，观其点画钩捺，不紊次序，如读笔阵图一过。又时闻烟火炮声，连鸣震霄，其烟火或为五色国旗，高张云外，或为无数灯球，五光十色，自天而下，每周水曜、土曜、日曜，夜间均如白昼，诚巨观也。 参观博览会馆 各馆门额电火攒聚而成

六日戊午　晴。巳初，入会购誊写板。其法：衬石版于蜡纸下，以铜笔写字于蜡纸上，成白迹，提起衬，以白纸滚刷墨油，字迹下透，即成印片，片刻可就数十叶。午膳后，观不可思议馆，设暗室、发电光、现幻境不一类，俱活泼如真，令人解颐。次观西洋马戏，御者一少女，跃跳不可测，神乎技矣。 购誊写板

七日己未　晴。

八日庚申　晴。是日，为博览会毕会之期。巳正，聚师从越后归，属赴参考馆，监收赴会物品，未毕，西 博览会毕会监收赴会物品

正归。

九日辛酉　晴。偕李君拔可赴参考馆监收物品。

十日壬戌　晴，燥热。仍监收物品。

十一日癸亥　晴，燥热。未出。

十二日甲子　晴。燥热，未出。

十三日乙丑　晴。巳初，聚师往高知考察纸业。申正，接雷夏师书，赠新译《蒙古地志》一部。

参观大阪裁判所

十四日丙寅　晴。清晨，为藤木显良作书画。未正，佐藤氏邀游天王寺，归过大阪裁判所，属其介绍入观。适值裁判讼事，日官五人并坐，前列公案。左检事员一，司检案卷；右书记员一，司登供词。讼民二：一立，原告也；一伏，被告也。讯语常出中央一官，案下律师二人对裁判官坐，时起争辩，官亦起立答之。闻判断曲直，专依证据，有为伪证，曲庇罪家者，察出则论伪证之罪，惩罚甚重。惜时匆迫，不及久观详问也。

十五日丁卯　晴。监收物品毕。

十六日戊辰　晴。巳正，聚师从高知归，订二十三日内渡。接雷夏师书，复之。

十七日己巳　晴。午前为井仲氏、国松氏作画。

十八日庚午　晴。午膳后，阅东历七月十七日《朝日新闻报》，译之。其言曰：日本驻俄访事人来信云：迩

论俄日交涉事

来俄国半官新闻论俄日交涉事有云，欧洲列国之扩张军备也，皆保持和平之预备也。独日本之扩张军备，则不为保守，而专为攻进。盖日本因八年前俄国联合三国干涉华日

29,6,18

之事，有害于日本之权利，发愤欲排除此害，故得清国之偿金，悉以扩张军备，虽财政困难，终不中止。近日又重谋扩张，一似战争之事，即在明日者。然英国又从旁煽动，于是气焰益张。虽然，我俄初不措意也，我于绝东仍为文明之事业，凡于日本输运货物之路，与之弗吝。吾俄于欧洲固希望和平，于远东亦实深望和平也。云云。俄新闻又云：吾为日本今日计，军事攻进之政策宜全然废止，以保俄日之亲交，日若能断念于大陆，而于扶植邻邦势力之事不复致力，则军备无须扩张，自无财力穷乏之忧。夫防御，一蕞尔之岛国，则略备海陆军足矣。日本既与俄国亲善，被西比利亚及满洲铁道之庇荫，尤可得工业商业之利。且俄既已明认日本在朝鲜之势力矣，日本亦何苦尚怏怏不足哉？日本今日果与俄战，则大患即在目前，日本虽用全力，亦岂能与俄抗耶？岛国之进攻常酿危险，日本欲以其海军掩护陆军，使入朝鲜，又入俄国之土地，此困难中之困难，必不可望得利，明矣！日本所托赖者，英国。然英国有印度之忧，不能助日本之力，必守中立。英国之陆军，必无力助人，能助日本者，海军也，顾己国亦必须防御，何能多分力哉？故日本欲与俄国开战，殆与自杀同耳。日本不日亦当有和平之舆论起矣。俄国之深望和平，绝非畏战争者，全出于博爱之主意也。云云。俄之议论，大抵强词，姑记之以观其后。

俄之议论大抵强词

十九日辛未　晴。

二十日壬申　晴。午后，为大西氏作画。

二十一日癸酉　晴。整行装。

至神户

二十二日甲戌　晴。未正，从聚师及同人，自天王寺驿乘急行车西驰。日夕，至神户，寓田中馆。

二十三日乙亥　晴。巳初，登宏济丸内渡。栗林、藤木、国松、佐藤诸人，俱送聚师至舟。未正，展轮西行。

二十四日丙子　晴。晨，至马关停轮。申初，仍开行。

至长崎

二十五日丁丑　晴。晨，至长崎停轮。申初，仍开行。

二十六日戊寅　晴。晨过绿水洋，澄波如镜，较来时尤平。未正，微风，见碧浪翻腾，夹有赭色潮流自西北而东南，闻系黄海之潮流也。

入吴淞口

二十七日己卯　晴。巳初，入吴淞口，登日本三菱公司码头，归商务沪局。过此而往，驻沪八阅日，以七月五日酉正，聚师率同人赴招商江宽轮船返宁。七夕辰初，至下关，归江南商务总局。

日本兴实业以强国二因

是役也，东游四阅月，于其政治、教育之奥蕴，愧无所得。第是行以考究实业为宗旨，如农、如工、如商、如学制，亦尝探索其蕴。姑就询察所及，述其崖略，以待实业家之采取。果有当否，未敢知也。窃观日本所以能兴实业以强国者，有二因焉：一则部省提倡于上，保护以权力，补助以资财，故能蹶而终起，无半途之废；一则学校振兴于下，欧美留学者奋志而往，实腹而归，归则以为实业之教师、及管理员，彼之学校非徒慕其高名也。集众人

29,6,27

果锐之气，尽生平之所学以灌输于宗国。学理日益精深，实业安得不日有进步？夫利之所在，众共趋之。邻之厚，我之薄也。闻昔日我国出口货至美国者，亦颇多，日本见我货之畅销，归亦伪造。我以人力，彼以机械，故物精而价廉，而我之商务益绌。文渊盖观于日本实业之增进，未尝不怵然惧矗然自悼而不已也。虽然，我地产之饶，素冠地球，凡物之原料，无一不备。设一旦部省提挈于上，保护其权利；学校振兴于下，阐发其学理，则农工日新，商亦因之而振。伐柯！伐柯！取则不远。他日与君代兴三驾，而人弗能与争，或者欧美犹虞我，况于日本？苟为不然，而以相师为耻，终以原料场自雄，则非吾之所敢知矣。光绪二十九年七月，泰州凌文渊自识。

凌文渊篇龛东游日记

人名索引

五画

六画

十画

十一画

十二画

十四画

十七画

十八画

凌文渊篇盦东游日记

译名简释

三画

马儿阔尼

马可尼（意大利人，1895 年进行无线电通信试验）

马枯苏埃儿

麦克斯韦尔（19 世纪 60 年代建立完整电磁波理论）

六画

朴浦夫

波波夫（俄国科学家，分别于 1894 年建立了世界上第一台无线电接收机，1896 年发射了世界上第一份无线电报）

七画

坎拿大

加拿大

九画

洼拉答

法拉第（英国科学家，1831 年首次发现电磁感应理论）

威达舒图

Weter ski 滑水

十画

铁司辣

特斯拉（美国科学家，1893 年在美国首次公开展示无线电通信）

走向世界丛书一百种

初编三十五种以＊标出

谢清高 **海录**
＊ 容　闳 **西学东渐记**
＊ 林　鍼 **西海纪游草**
＊ 罗　森 **日本日记**
＊ 斌　椿 **乘槎笔记**
＊ 张德彝 **航海述奇**
＊ 王　韬 **漫游随录**
＊ 志　刚 **初使泰西记**
＊ 张德彝 **再述奇**（欧美环游记）
＊ 张德彝 **三述奇**（随使法国记）
王　芝 **海客日谈**
＊ 祁兆熙 **游美洲日记**
＊ 李　圭 **环游地球新录**
＊ 郭嵩焘 **伦敦与巴黎日记**
＊ 张德彝 **四述奇**（随使英俄记）
＊ 黎庶昌 **西洋杂志**
＊ 刘锡鸿 **英轺私记**
李凤苞 **使德日记**
钱德培 **欧游随笔**
＊ 何如璋 **使东述略及杂咏**
＊ 张斯桂 **使东诗录**
黄遵宪 **日本国志**
＊ 黄遵宪 **日本杂事诗**〔广注〕
陈兰彬 **使美纪略**
＊ 曾纪泽 **出使英法俄国日记**
＊ 王　韬 **扶桑游记**
＊ 徐建寅 **欧游杂录**
谭乾初 **古巴杂记**
王之春 **谈瀛录**
＊ 李筱圃 **日本纪游**
池仲佑 **西行日记**
蔡　钧 **出洋琐记**
袁祖志 **瀛海采问纪实**
张祖翼 **伦敦竹枝词**
王以宣 **法京纪事诗**
潘飞声 **西海纪行卷**
潘飞声 **柏林竹枝词**
潘飞声 **天外归槎录**
张荫桓 **三洲日记**
邹代钧 **西征纪程**
王咏霓 **道西斋日记**
张元济 **环游谈荟**
余思诒 **楼船日记**
缪祐孙 **俄游汇编**
张德彝 **五述奇**
＊ 傅云龙 **游历日本图经馀记**
傅云龙 **游历美加等国图经馀记**
洪　勋 **游历闻见录**
崔国因 **出使美日秘国日记**
＊ 薛福成 **出使英法义比四国日记**
＊ 薛福成 **出使日记续刻**
陈道华 **日京竹枝词**

严　修 **东游日记**
姚鹏图 **扶桑百八吟**
凤　凌 **游馀仅志**
* 黄庆澄 **东游日记**
吴宗濂 **随轺笔记**
宍育仁 **泰西各国采风记**
三之春 **使俄草**
伍廷芳 **美国视察记**
* 蔡尔康等 **李鸿章历聘欧美记**
张德彝 **六述奇**
刘学询 **考察商务日记**
黄　璟 **考察农务日记**
罗振玉 **扶桑两月记**
罗振玉 **扶桑再游记**
丁鸿臣 **东瀛阅操日记**
沈翊清 **东游日记**
* 梁启超 **新大陆游记**
张德彝 **八述奇**
载　振 **英轺日记**
吴汝纶 **东游丛录**
双　寿 **东瀛小识**
缪荃孙 **日游汇编**
周学熙 **东游日记**
* 单士厘 **癸卯旅行记**
凌文渊 **籥盦东游日记**
张　謇 **癸卯东游日记**
蒋　煦 **西游日记**
王景禧 **日游笔记**
陈　琪 **环游日记**
* 康有为 **意大利游记**
康有为 **德意志等国游记**
康有为 **英国游记**
* 康有为 **法兰西游记**
韩国钧 **实业界之九十日**
李濬之 **东隅琐记**
盛宣怀 **愚斋东游日记**
* 戴鸿慈 **出使九国日记**
金　鼎 **随同考察政治笔记**
* 载　泽 **考察政治日记**
程　淯 **丙午日本游记**
康有为 **西班牙等国游记**
杨泰阶 **东游日记**
文　恺 **东游日记**
左湘钟 **东游日记**
吕珮芬 **东瀛参观学校记**
* 林汝耀 **苏格兰游学指南**
* 单士厘 **归潜记**
金绍城 **十八国游记**
附 艾儒略 **职方外纪**
附 南怀仁 **坤舆图说**
附 丁韪良 **西学考略**
附 艾约瑟 **西学启蒙**

图书在版编目(CIP)数据

癸卯东游日记/张謇著. 籥盦东游日记/凌文渊著. —长沙:
岳麓书社,2016.8
(走向世界丛书/钟叔河主编)
ISBN 978-7-5538-0523-8

Ⅰ.①癸... ②籥... Ⅱ.①张... ②凌... Ⅲ.①日记—作品集
—中国—近现代 Ⅳ.①I266.5

中国版本图书馆 CIP 数据核字(2016)第 010823 号

GUIMAO DONGYOU RIJI · YUEAN DONGYOU RIJI
癸卯东游日记·籥盦东游日记
作　　者:张　謇　凌文渊
校 点 者:张晶萍
责任编辑:杨云辉
责任校对:舒　舍
封面设计:吴颖辉　贺红梅

岳麓书社出版发行
地址:湖南省长沙市爱民路 47 号
直销电话:0731—88804152　88885616
邮编:410006
岳麓书社网址:www.yueluhistory.com

2016 年 8 月第 1 版第 1 次印刷
开本:890×1240　1/32
印张:6.125
字数:142 千字
印数:1—3 000
ISBN 978-7-5538-0523-8
定价:35.00 元

承印:长沙超峰印刷有限公司

如有印装质量问题,请与本社印务部联系
电话:0731—88884129